www.ingramcontent.com/pod-product-compliance
Lightning Source LLC
LaVergne TN
LVHW010819051026
849532LV00007B/2575
* 9 7 8 9 3 6 9 0 8 8 1 3 3 *

نایاب اردو افسانے

(حصہ :5)

مرتبہ:

فاروق ارگلی

Naayaab Urdu Afsane - Part:5 *(Short Stories Anthology)*
by: Farooq Argali
Edition: May '2025
Publisher :
Taemeer Publications LLC (Michigan, USA / Hyderabad, India)

ISBN 978-93-6908-813-3

کتاب	:	**نایاب اردو افسانے** (حصہ:5)
مرتب	:	**فاروق ارگلی**
صنف	:	فکشن
ناشر	:	تعمیر پبلی کیشنز (حیدرآباد، انڈیا)
سالِ اشاعت	:	۲۰۲۵ء
صفحات	:	۱۱۸
سرورق ڈیزائن	:	تعمیر ویب ڈیزائن

فہرست

غیاث احمد گدی

اپّھی

رات سرد تھی، بے حد سرد۔ بارش کی ہلکی پھوار پڑ رہی تھی باہر اندھیرا تھا اور پراسرار ہوا کے جھونکے چیختے ہوئے گذر رہے تھے۔ اندر آتش دان میں لکڑیاں دہک رہی تھیں اور سارے ماحول پر ایک غم انگیز کیفیت طاری تھی۔ یوں محسوس ہو رہا تھا جیسے ابھی ابھی کوئی موت ہونے والی ہے حالانکہ ایسی کوئی بات نہیں تھی۔ مرنے والے نے موت سے جنگ جیت لی تھی اور اس وقت وہ لمبے چوڑے پلنگ پر گہری نیند سو رہا تھا، سرخ سفید چہرہ، مہندی سے رنگی سرخ مونچھیں، خشخشی داڑھی، سر پر کاکل، چہرے پر ایک وقار ایک فاتحانہ تبسم، ایسا محسوس ہو رہا تھا گویا زندگی سے ساری عمر الجھتے رہنے کے باوجود وہ ہراساں نہیں۔

''یہ کون؟ یہ کون ہیں؟

یہ نواب عظمت بیگ ہیں۔ پرانی ہڈی، پرانا جسم اور جسم میں دوڑنے والا پرانا خون جو آج سالہا سال بعد بھی بدستور سرخ ہے۔ کیا ہوا اگر زندگی کی ان آسائشوں نے منہ موڑ لیا جو پشت با پشت نسل در نسل تک ان کے ابا حضور خان بہادر عفت اللہ بیگ مرحوم و مغفور کے ایام شباب بلکہ اس سے کچھ آگے تک ساتھ دیا۔ اور زمانے کی گردشوں نے نواب عفت اللہ بیگ سے وہ رہی سہی دولت بھی چھین لی جس کی کمی آج خاندان کے سارے افراد محسوس کر رہے ہیں۔ کیا ہوا اگر آباواجداد کی جائداد میں سے صرف ایک حویلی رہ گئی اور وہ بھی گروی ہے۔ مگر شان تو زندہ ہے وہ آن تو سلامت ہے۔ زمانے کی صرصر نے سارے چراغ بجھا دیئے مگر وہ وقار، وہ جلال وہ اعلیٰ مزاجی اب بھی باقی ہے۔ اس چراغ کو کون بجھا سکتا ہے جس میں ان کے آباواجداد کا لہو جل رہا ہے؟ آج بھی وہی عظمت وہی شان، وہی احساس برتری نواب عظمت اللہ بیگ کے قدموں

پر لوٹ رہا ہے جوان کے جدّ امجد کی امانت تھا۔

یہ ہیں عظمت بیگ!

کہتے ہیں کہ سیکڑوں سال قبل نواب عظمت بیگ کے خاندان کے ایک بزرگ نے پتھروں کی سوداگری کرتے کرتے مغل دربار میں شرف باریابی حاصل کیا۔ ایک معمولی پتھر فروش کی طرح مغل دربار میں داخل ہوئے۔ لیکن ایک لمحہ میں مغل خاندان کے کسی بادشاہ نے انہیں وہ رتبہ بخشا کہ سارے دربار، سارے شہر دراگر مبالغہ نہ سمجھا جائے تو سارے ملک نے پتھروں کے اس سوداگر کو جھک کر سلام کیا۔ اس خاک کو افلاک نے سلام کیا۔ یہ مغلوں کا ادنیٰ کمال تھا۔ یہ مغلوں کی ایک جنبشِ لب کا اعجاز تھا۔ نگاہِ کرم کا ایک معمولی کرشمہ کہ ایک معمولی پتھر فروش لمحہ بھر میں ہندوستان کا بے حد دولت مند، بلند اقبال اور اعلیٰ مرتبت انسان ہو گیا۔

اس بات کو سیکڑوں سال گذر گئے۔ رات اور دن، اجالا اور اندھیرا، کتنی بار اس محفل رنگ و نور میں آئے اور آ کر چلے گئے۔ پھر یوں ہوا کہ زمانے کی صرصر بھی چلی اور مغلوں کی نگاہ محبت نگاہ کریمانہ سے جو چراغ روشن کیے گئے تھے وہ بجھے بھی، خود مغلوں کی وہ شان نہ رہی۔ کل تک جو جسم پھولوں سے بھی نرم اور ستاروں سے بھی روشن بستر پر آرام نہ پاتا تھا اسے کانٹوں میں پناہ لینی پڑی۔ جن نازک پیروں میں مخمل سے بھی خراش آتی تھی وہ ریگستانوں اور پتھریلی چٹانوں پر چلنے کے لیے مجبور ہوئے۔ جن نگاہوں نے پیشانی پر شکن کی ہلکی لکیر بھی برداشت نہ کی وہ گستاخ نگاہی کی مرکز بنیں۔

کہتے ہیں کہ جب وہ دست محبت ہی نہ رہا تو محتاج محبت کا پوچھنا کیا۔ اور مغلوں کے زوال کے ساتھ ہی نواب عظمت بیگ کا ستارہ بھی فلک بلند تر سے ٹوٹا اور اپنے پیچھے دور تک نور کی ایک لکیر چھوڑتا ہوا ایک ایسی شاخ پر آ رکا جو خود بجلیوں کا نشانہ بن چکی تھی۔ چنانچہ نواب عظمت بیگ جانتے تھے کہ ان کا قدم جس شاخِ زمانہ پر ہے، نواب عظمت بیگ ایک ستارہ ہی تو ہیں۔۔ ستارہ اپنی تابندگی کیسے کھو سکتا ہے۔

ستارہ! وہ عرش کا باشندہ فرش پر کیسے اتر سکتا ہے۔ چنانچہ یہ نواب عظمت بیگ ہیں۔ وقت خوردہ کتاب زندگی کا وہ آخری ورق جسے اگرچہ دیمک نہیں چاٹ پائی تھی مگر جو یکسر زرد ہو گیا تھا۔ وہ ورق جسے کوئی انگلی جہاں سے، جس جگہ سے موڑنے کی کوشش کرے گی وہ وہیں سے اسی مقام سے ٹوٹ کر الگ ہو جائے گا۔ لیکن کیا وقت کی انگلی میں اتنی طاقت ہے؟ یہ اتنی طاقت دست فطرت میں؟؟ نہیں نہیں! ہرگز نہیں!! کوئی نہیں..... کوئی نہیں...... یہ عظمت بیگ ہیں۔

''مگر کل۔ مگر کل۔؟'' نواب عظمت بیگ بڑبڑائے۔

اچانک انھوں نے کروٹ لی۔ اور آنکھیں کھول دیں۔ اور پھر چند ثانیے کے بعد بند کر لیں۔ وہی خوب صورت جسم تھا، ستار کے تار کی طرح تنا ہوا۔ اچھی تیرہ سال کے بعد کس قدر بدل چکی تھی۔ جب وہ ایک کلی تھی، مگر آج..........!''

پھر اچانک نواب عظمت بیگ کو اس کی طنز بھری ہوئی ہنسی یاد آ گئی۔ پھر اس کی زہر میں بجھی ہوئی باتیں یاد آئیں۔ تیرہ سال قبل جب انھوں نے اس کے جسم کو چھوا تھا اس وقت اچھی انہیں ایک معصوم لڑکی محسوس ہوئی تھی، جس کے احساسات سوئے سوئے تھے جو گناہ و ثواب کے فلسفے سے کوسوں دور، جسم کی بے حرمتی سے بھی ناآشنا تھی..... مگر کل......''

نواب عظمت بیگ کو معصوم ہوا کہ وہ اس وقت غلطی پر تھے اگرچہ اچھی اپنے احساسات کو الفاظ کا جامہ نہ دے سکتی تھی مگر نفرت کی میخ اس کے سینے میں اتر گئی تھی جسے آج تک چھپائے ہوئے تھی۔ نفرت اور انتقام کا ایک گہرا جذبہ۔۔

نواب عظمت بیگ منہ ہی منہ میں کچھ بڑبڑائے۔ ایک ہلکی سی آہ ان کے لبوں سے باوجود ضبط کے نکل گئی۔ انہوں نے بھی آنکھیں کھول دیں۔

''تم نے تیرہ سال بعد بڑا سخت انتقام لیا۔ اچھی تم نے صدیوں کی اکڑی ہوئی گردن کو کل جھکنے پر مجبور کر دیا..... آہ!''

''ابا حضور آپ کی طبیعت کیسی ہے؟'' اختر بیگ نے ان کے پلنگ کے قریب جھک کر

دریافت کیا۔

''اچھا ہوں بیٹے، اچھا ہوں.........انہوں نے اختر بیگ کو بیٹھ جانے کا اشارہ کیا اور پھر سینے کے پاس ہاتھ رکھ کر آہستہ سے دبایا اور آنکھیں موند لیں۔

''ابا حضور شاید آپ کچھ فرما رہے تھے.........؟ آپ فرمایئے کس نے آپ کی تضحیک کی۔ وہ کون تھا جس نے آپ کو جھکنے پر مجبور کیا؟''

وہ چونک اٹھے۔ کیا نیند میں انہوں نے ساری باتیں دہرادی ہیں ان بچوں کے سامنے؟؟ چانک انھوں نے آنکھیں کھول کر بڑے ٹھہرے ہوئے انداز میں کمرے کا جائزہ لیا۔ مقابل کے پلنگ پر ان کا دوسرا بیٹا اختر بیگ بیٹھا ہوا تھا۔ سرہانے صاحبزادی امت النساء بیگم، پیروں کے قریب ان کی بہو اختر دلہن اور ان کے کچھ دور چھوٹا لڑکا انور بیگ......

جب سب لوگ ایک ایک کر کے دروازے سے باہر نکل گئے تو انہوں اطمینان اور بے اطمینانی کا ملا جلا سانس لیا۔ پھر ایک فخر اور غرور سے انکی چھاتی پھول گئی۔ ان کے یہ بچے یہ چھوٹا سا خاندان جس کے ہر فرد کے دل میں ایک دوسرے کے لیے بے پایاں محبت موجیں مار رہی ہے کیا ہوا آج اگر وہ جاگیر نہ رہی۔ کیا ہو جو زندگی کی ان آسائشوں نے منہ موڑ لیا جو پشت ہا پشت سے نسل در نسل ان کے ابا حضور خان بہادر عفت اللہ بیگ مرحوم و مغفور کے ایام شباب بلکہ اس سے کچھ آگے تک ساتھ آئیں تھیں.........وہ شان تو باقی ہے۔ عظمتوں کا وہ چراغ تو روشن ہے۔ اس چراغ کو کون بجھا سکتا ہے......

اچھی......اچھی......اس کا وہ جسم وہ خوب صورت، بے داغ جسم ستار کے تاروں کی طرح تنا ہوا جسم، پھر اس کی باتیں......وہ زہریلی دل و دماغ کو خاکستر کر دینے والی باتیں۔ کیا وہ اچھی تھی؟ وہ اچھی جو تیرہ سال قبل شرمائی شرمائی ایک پھول کی طرح اس کی آغوش میں پڑی تھی۔ تیرہ سال قبل......تیرہ سال قبل......نواب عظمت بیگ کو ایک ایک بات یاد آرہی تھی۔

آج انہوں نے اللہ رکھی کے یہاں اس کو دیکھا تھا۔ سمٹی سمٹائی گڑیا سی......سرخ و سبز ریشم میں

لپٹی لپٹائی ہوئی انہوں نے اس کی ٹھوڑی پکڑ کر اوپر اٹھائی......

بلب کی تیز روشنی میں اچھن نے آنکھیں بند کر لی تھیں۔ گول سا چہرہ جوانی اور بچپن کی رس بھری سی کیفیت، ناک میں بڑی سی سونے کی نتھ۔ انہوں نے بے اختیار ہو کر اسے چھونا چاہا تھا......

''ابھی نہیں حضور...... ابھی نہیں...... اس کم بخت نتھ کو اتر لینے دیجیے!!!! اللہ رکھی نے کہا تھا۔ پھر یہ نتھ بھی اتر گئی۔ اور جس روز یہ نتھ اتری اس روز بنارس بھر کی طوائفیں جشن منا رہی تھیں۔ شہر بھر کی طوائفیں، سازندوں، بھڑووں اور دوسرے لوگوں میں کپڑے تقسیم کیے گئے۔ دیگیں پکی تھیں۔ شہنائیاں بجی تھیں۔ اور پوری ایک سو ایک گنیاں، پانچ انگوٹھیاں درجنوں کامدار جوڑے اور مختلف چھوٹی بڑی چیزیں بے شمار تھیں جو نذر کی گئی تھیں۔ تب کہیں جا کر اچھن ان کے سامنے پیش کی گئی۔

پھر رات بھر وہ سسک سسک کر روتی رہی اور منتیں کرتی رہی کہ مجھے چھوڑ دیجیے......... میں شریفوں کی طرح زندہ رہنا چاہتی ہوں.........!

شریفوں کی طرح۔

ہوا کا ایک تیز جھونکا ان کے سارے جسم کو چھوتا ہوا گزر گیا۔ ایک ہلکی سی کراہ ان کے دل میں اٹھی اور وہیں دم توڑ گئی۔ انہوں نے ہلکی سی کروٹ بدلی، آنکھیں کھول کر دیکھا۔ کمرے میں اندھیرا پھیل رہا تھا۔ چراغ کی لو لحہ بہ لحہ مدھم ہوتی جا رہی تھی۔ شاید تیل ختم ہو رہا ہے.........

انہوں نے آنکھیں پھاڑ پھاڑ کر چراغ کو گھورنا شروع کر دیا۔ زرد، زرد، اداس اداس سی روشنی پھیلانے والی لو ایک دم سے جھک گئی۔ لیکن پھر استادہ ہو گئی۔

اچھن ——— ! نفرت کی ایک لہر سی ان کے دل میں اٹھی ——— ! دو کوڑی کی طوائف اس کی یہ ہمت کہ وہ نواب عظمت بیگ کی تضحیک کرے۔ پھر گذشتہ رات بھی انہیں یاد آئی جب وہ ایک دوست کے اصرار پر ایک طوائف کو خوش کرنے گئے تھے اور وقت نے تیرہ برس پیچھے چھوڑے ہوئے نقش پا کو سامنے لا کھڑا کیا۔ تیرہ برس پہلے اچھن ایک کلی تھی جو اب شگفتہ پھول بن چکی تھی۔

ایک ہلکا سا تبسم تھا جو ایک بے باک قہقہے میں بدل گیا تھا۔ جاگتے ہوئے جسم کی ایک کسلمندی تھی جو آج بھرپور انگڑائی ہو گئی تھی۔

انہوں نے برسوں کے سوئے ہوئے جذبات کو بھرتا ہوا محسوس کیا اس پچپن برس کی سرد راکھ سے شباب کی آنچ پھوٹ پڑی۔ انھوں نے تخلیہ چاہا۔ اچھی بھرپور روشنی میں ایک دم نیم عریاں ہو گئی۔ نواب عظمت بیگ کا بوڑھا دل اچانک اچھل کران کے حلق تک آ پہنچا......

نور ہی نور............آگ ہی آگ......

انہوں نے اس آگ کو چھونا چاہا۔ دفعتاً انجمن تن کر کھڑی ہو گئی۔

''نواب صاحب اس جسم کی قیمت آپ کو معلوم ہے۔؟ بارہ سو روپے۔ آپ نواب ہیں، رئیس ہیں۔ دولت آپ کے قدموں پر لوٹتی ہے۔ اسی دولت کے سہارے آپ نے سینکڑوں شریف عورتوں کو کوٹھے پر بٹھا دیا ہوگا......صرف بارہ سو۔ کیا آپ کے پاس ہیں......؟ شاید نہیں۔ شاید بارہ آنے بھی آج آپ کے جیب میں نہیں ہیں۔ مجھے سب معلوم ہے......اس ڈھول میں اندر محض پول ہے اور کچھ نہیں......!

نواب صاحب ہم طوائفیں اپنے دروازے سے کسی کو بغیر کچھ دیئے واپس نہیں کرتیں۔ کہیے خیرات دوں؟ اپنے اس جسم کی خیرات۔؟؟''

خیرات......وہ چکرا گئے۔ آنکھوں کے آگے اندھیرا چھا گیا......

☆☆

جمیلہ ہاشمی

اگنی دا

کرنل مرزا کا ہیلی کاپٹر گوپے کے سامنے پیلی اور تپش سے سیاہ پڑتی گھاس پر سے ابھی اڑا تھا۔ ٹھاکر تیج سنگھ کی تلاش میں صحرا کے اوپر لمبی اور نیچی پرواز کے لیے انہوں نے پروگرام کے مطابق اپنی دوربینیں اور بھری ہوئی بندوقیں، گولیوں کے راؤنڈ بھی ساتھ لیے تھے۔ ہم کئی دنوں سے اس ٹوبے کو اپنا ٹھکانا بنائے ہوئے تھے کیونکہ یہ ٹوبہ رنہال پوسٹ اور جے پور کی سرحد کے قریب تھا۔ دونوں حکومتوں کو ٹھاکر تیج سنگھ کی ضرورت تھی۔ اس کے سر پر ایک بہت بڑا انعام مقرر تھا جس کا اعلان کئی بار ہو چکا تھا مگر سردار صحرا کے ہونے کے غرور طبیعت کی بے باکی اور جرأت مندی نے اسے اپنی جان سے بھی بے پروا بنا دیا تھا۔ وہ کڑے پہرے اور تنگ گھیرے کے باوجود جو چاہتا کر گزرتا۔

گرم ہواؤں کے اہلتے ہوئے چکر کھاتے اور آگ اگلتے اس موسم میں جب سورج تمہارے سر پر چمک رہا ہو اور ریت کے لہریوں میں سے آگ کے شعلے لپکتے ہوں وہ اپنے تیز رفتار اونٹوں کے جھنڈ لے کر جس پوسٹ پر موقع ملتا حملہ کر دیتا۔ ہم تقریباً پچاس آدمی اس جنگ میں لگا چکے تھے اور کرنل مرزا دکے لیے یہ اب زندگی اور عزت کا سوال بن گیا تھا۔ مردہ یا زندہ تیج سنگھ۔

جھکڑوں اور خونی آندھیوں کے گھیرے میں تیز رو لہروں میں ہونکتا ہوا سناٹا ہمارے چاروں طرف ہے بدطبیعت دشمن کی سی چالاکی سے وہ آدمی کو گرفتار کرتا اور فنا کرتا ہے۔ صحرا کی بے چین روحیں پل پل لحہ لحہ زندگی کی کھوج میں گھومتی ہیں۔ خانہ بدوشوں کی طرح ٹیلے اپنے کندھوں پر اٹھائے ہوا۔ غصہ ور دیونی اپنا سر جھٹکی شور مچاتی ہے، ریت کے اہلتے ہوئے نواروں میں سورج اپنا زور اور توانائی لگاتا ہے مگر شاید میں اپنی مہندی لگی پوروں سے رات کی اوڑھنی پر ٹھنڈے ستارے

ناچتی ہیں اسے سجاتی ہیں پھر خاموشی کی ڈھولک پر لمبی تانوں والے راگوں کی پھوار ریت کے ذروں کو رچھوتی ہے۔ کال کڑچھی بولتی ہے۔

سارے ٹولیے سیاہ کیچڑ بن جاتے ہیں جو اندر کی تپش سے پھٹ جاتی ہے اور کالے چڑ مڑاتے ہوئے پرتوں کی طرح کھڑ کھڑاتی ہے تو ریت اس ساز پر اپنے وحشی گیت اور موت کے ترانے گاتی ہے۔ مگر یہ ٹوبہ جس کا پانی پاتال سے ملا ہے کبھی نہیں سوکھتا کیونکہ اس اونچے ٹیلے کی خطرناک ڈھلوان سے نیچے کی طرف چنڈ اور کریل رائی اور پھوگ کے پودے بڑے بڑے چھتنار جال کے درخت میں الجھے ہوئے اس پر گرے پڑتے ہیں اور پانی پر سایہ کیے ہوئے ہیں۔ جیسے پیاس بجھانے کو مہکے ہوں ٹھنڈا اور میٹھا پانی آسمان کی نگاہوں سے چھپا سخت موسم میں بھی اس میں ہلکورے لیتا ہے۔ صحرا میں گم ہوئی گائیں، راہ بھولے ہوئے اونٹ، بھٹکے ہوئے ہرن سب اس پانی پر کبھی نہ کبھی جمع ہوتے ہیں۔ دوست اور دشمن اس چشمے پر اکٹھا ہوتے ہیں۔ خدا کی اس فیاضی پر خوش ہوتے ہیں۔

اور اس اونچے ٹیلے پر بنے گوپے پر پیچ راہوں سے ایک دوسرے سے ملے ہیں یوں لگتا ہے ایک شہر آباد تھا۔ اناج اور اسلحہ اور کپڑے اور تصویریں بنانے کا سامان پنسلیں اور برش کاغذ اور کینوس، سنگار کا پٹارہ گھنگھرو اور ستار، ڈھولک شہنائی اور انگریزی کتابیں بے شمار لوٹ کے ڈھیر، نایاب چیزیں پھیلی ہوئی زندگی کا سمٹا سا نقشہ۔

شام قریب تھی۔ دھوپ کے زور میں ذرا کمی تھی۔ جب ہیلی کاپٹر بلند ہوا ہے تو ڈھلی ہوئی فضا میں تیر کی طرح سنسناتا ہوا دور تک دکھائی دیتا رہا پھر افق نے اُسے اچک لیا اور نظر کی حد سے پرے اس کی بھربھر بھی بند ہوگئی۔ میں نے باہر گوپے میں آ کر ادھر ادھر بھی دیکھا بندوق کو چٹائی پر رکھ دیا۔ اپنے اکڑے ہوئے اعضا کو سیدھا کرنے کی خاطر سر سے اوپر ہاتھ اٹھا کر ے انگلیوں کو چٹخا۔ دائیں بائیں گھوما۔ ہوا کے آنے والے سوراخوں سے آنکھ لگا کر دیکھا سپاہی بندوقیں لیے مستعد کھڑے تھے۔ میں نے ٹھنڈی ریت پر اوندھے لیٹ کر اپنے جلتا ہوا چہرہ چٹائی پر رگڑا۔ آنکھیں

خود بخود بند ہونے لگیں اور پھر جانے کب مجھے نیند نے آ لیا۔

جناب! یہ عورت آپ سے ملنا چاہتی ہے۔ سپاہی کی آواز توپ کے گولے کی طرح میرے کان میں داغی گئی۔ گھبرا کر میں نے بندوق پر ہاتھ مارا۔ اکڑی ہوئی ٹانگوں نے ہلنے سے جواب دے دیا۔ سوئی ہوئی انگلیاں بے جان سی بندوق کے گرد مردہ گھاس کی طرح بکھر گئیں۔

تنگ راہ سے پرے مجھے ایک گھاگرے کی گوٹ دکھائی دی اور گھیر پر ٹکے ہوئے ملگجے کرتے کے دامن پر لٹکے ہوئے ہاتھ تڑے مڑے کاغذ کی طرح زاویوں اور مثلثوں اور ٹکڑوں اور شکلوں میں بٹے ہوئے تھے۔ لمبی انگلیاں پتلی تھیں جیسے کسی زمانے میں یہ ہاتھ ساز بجاتے رہے ہوں۔ ان انگلیوں نے برش اور قلم سے تصویریں بنائیں ہوں۔ پتھر کو تراش کر اس میں سے مورتیاں نکالی ہوں۔ یہ ہاتھ کمزور نہ تھے مگر مضبوط اور جب جوان ہوں گے تو جانے کیا ہوں گے۔ اب بھی ان سے گھبراہٹ نہیں جھلکتی تھی۔ چہرہ مجھے اس وقت تک دکھائی نہیں دے سکتا تھا جب تک میں باہر نہ جاؤں یا آنے والی کو اندر نہ بلاؤں بندوق کو اپنے سامنے تانے جب میں جھک کر باہر آیا تو میرے سامنے ایک دھندلے بھولے ہوئے خواب کی سی صورت تھی۔ پرچھائیں، مورتی جو پتھروں تلے دبی دبی ریزہ ریزہ ہو چکی ہو مگر بکھری نہ ہو سفید بالوں میں کہیں کہیں سیاہی تھی اور گوندے جمائے ہوئے چمکیلے بالوں میں مانگ گم ہوئی پگڈنڈی کی طرح تھی سفید بھویں، پپوٹوں پر چھائی ہوئی تھیں اور پپوٹے بے پلکوں کی آنکھوں پر گرے گرے تھے۔ نگاہ الٹ سے جھانکتی کرن تھی اور دھیرے دھیرے دیکھے جانیوالی شکل کو اجالتی تھی۔ گردن سیدھے کندھوں پر ٹکی ہوئی ذرا آگے کو جھکی ہوئی تھی جیسے کوئی وجود صدیوں پرانے پردوں کو ہٹا کر آج کی دنیا کو دیکھ رہا ہو۔

میں ''اگنی داھوں'' تیج کی دائی ماں، ٹھاکر تیج سنگھ کی دائی ماں۔''

میں اُسے دیکھتا ہی رہا۔

'' کیا تم نے اسے کھوج لیا۔ کیا وہ تمہارے پاس ہے؟'' اس نے بڑبڑاتے ہوئے کہا۔ لفظ گڈ مڈ ہو رہے تھے۔

''اب جو سر سے آئی ہوں۔ کیا تم بیٹھنے کا نہ کہو گے؟''

مجھے سمجھ میں نہیں آ رہا تھا کہ اسے کیا جواب دوں۔

''تم اپنی بندوق کو پرے کر لو۔ یہ نہیں کہ مجھے اس کھلونے سے ڈر آتا ہے۔ میں بہت تھک گئی ہوں پھر وہ اپنا بھاری گھاگرا سمیٹ کر اس کے گھیروں پر بیٹھ گئی۔ جوتیاں اتار کر اپنے سامنے رکھ لیں اور پاؤں کو دبانے لگی۔

''تمہیں اپنے سے کسی بڑے افسر کا انتظار ہوگا کہ تم خود مجھ سے بات کر سکو گے۔؟''

مجھے چپ دیکھ کر اس نے کہا ''میرا بچہ سیدھا اور بھولا ہے، ہٹیلا بالک۔ ہوائیں اُسے چک پھیریاں دیتی ہیں۔ اپنے ساتھ اڑائے اڑائے پھرتی ہیں۔''

''ہوائیں بھی کسی کو قید کر سکتی ہیں۔'' میں نے حیران ہو کر پوچھا۔

''میں سچ کہتی ہوں یہ ہوائیں اپنی لہروں اور آوازوں سے ایسا جادو جگاتی ہیں، ایسی ہانک لگاتی ہیں یہ کبھی نہ ختم ہوتے صحرا پر دن رات ناچتی ہیں تم نے کبھی ریت پر ناچ کے چکر نہیں دیکھے نا ورنہ تمہیں پتہ ہوتا کہ ان پر اگر کوئی ایک بار پاؤں دھر دے تو پھر وہ کہیں کا نہیں رہتا۔ پھر کسی کی نہیں سنتا۔ اپنی دائی ماں کی بھی نہیں۔''

''عجیب بات ہے۔'' میں نے جواب دینے کے لئے کہا۔

''تمہیں پتہ ہے نادکن سے ہوا کھلے تو بارش ہوتی ہے گھنیرے کالے بادل امنڈ گھمنڈ کر آتے ہیں۔ بجلی کے لہریے زمین کو چکا دیتے ہیں ایسے ہی چکروں کی بھی کہانی ہے۔ مگر تم شہروں کے رہنے والے یہ سب کیا جان سکتے ہیں۔

''اچھا!'' اب میں دلچسپی اور توجہ سے بات سن رہا تھا۔

ہوا آدمی کو اپنے اندر لپیٹ لیتی ہے اپنی بلاؤں کو اس پر بٹھا دیتی ہے اس کے سر میں گھومنے پھرنے اور آزادی کے خیال بھر دیتی ہے۔ وہ جوانوں کے دل کو آبادیوں سے پھیر دیتی ہے وہ دیوانے ہو کر بستیوں سے نکل آتے ہیں۔ وہ اپنے سر کو دونوں ہاتھوں سے تھام کر بیٹھی رہی۔

کرنل خشک لمبی لیٹی ہوئی سوکھتی چرمراتی گھاس پر سے چلتا ہوا روشنی ملی نیلاہٹ کے گلابی پڑتے اجالے سے ہمارے طرف آیا۔ گوپے کی طرف چبوترے پر قدم دھر کر وہیں کھڑا ہو گیا۔

''یہ تیج سنگھ آف اجے سر کی دائی ماں ہے اگنی دا۔'' میں نے فراغت کا سانس لیا اور بندوق کو اپنے ایک ہاتھ سے دوسرے ہاتھ میں بدلا۔

کرنل نے گہری سوچتی ہوئی نگاہ سے اگنی دا کی طرف دیکھا جو اپنی ادھ مندی آنکھیں کھول کر بے خوفی سے کرنل کی طرف دیکھ رہی تھی۔

کرنل کے ماتھے پر ایک رگ زور سے پھڑک رہی تھی شاید اسے غصہ آ رہا تھا۔

''کیا کہنے کی ضرورت ہے کہ تیج سنگھ کے لیے وہ اگر کسی بڑی ریاست کا راجہ ہو تو بھی سزا سے نہیں بچ سکتا۔'' وہ پورا اپنی ایڑی پر گھوم گیا اور ٹیلے کی بلندی سے اس نے نیچے پاتال سے سے ملے ٹوبے پر نگاہ دوڑائی جہاں جال میں چڑیاں شور مچا رہی تھیں اور شام کی ہوا سے پانی گیت کی لے پر مست مانجھی کی طرح تال کے بیچ ٹھہرا ہوا تھا۔

''میرا سوال سن لو جواب دینا نہ دینا تمہارے اختیار میں ہے۔ اگنی دا کی آواز میٹھی تان کی طرح کرنل کے پیچھے سے اٹھی۔

''مگر یہ سب ناممکن ہے۔ تم یہ چاہو گی کہ میں اس کا پیچھا نہ کروں۔'' کرنل نے جھنجھلا کر اپنا پاؤں زمین پر مارا۔ میں مہینے سے اس جلانے والی گرمی اور پیڑوں کو کملا دینے والے صحرا میں ڈیرے ڈال کر یونہی نہیں پڑا ہوں۔

اگنی دا نے ڈھلک جانے والے دوپٹے کو سر پر برابر کیا۔''بھکشا ناتے بات کرنے کا ادھیکار تو دو۔ تم بہت غصے میں ہو۔ تمہیں ہونا ہی چاہیے۔ تم بہت دنوں سے اس صحرا میں گھوم رہے ہو۔ یہ بھی مجھے معلوم ہے تم تیج سنگھ اور اس کے ساتھیوں کی کھوج میں ہو۔ یہ سب باتیں اپنی جگہ ہیں۔'' وہ سینے پر ہاتھ رکھ کر آگے کو جھک گئی۔ ''میں نے تین نسلوں سے اس کی چاکری کی ہے۔ تین نسلوں کی رگوں میں میرا دودھ ہے۔ کیا مجھے کچھ کہنے نہ دو گے؟''

''مگر تمہاری بات ایسی ہوگی جو میں کبھی نہیں مان سکتا۔ پھر ایسی باتیں سننے سے کیا ملے گا۔''
کرنل نے بہت آہستگی سے کہا جیسے اگنی دا سے زیادہ اپنے آپ سے بحث کر کے اپنے آپ کو سنوار رہا ہو۔

''دیکھو میں تمہارے پاؤں پڑتی ہوں۔ ایسی کوئی بات نہیں کہوں گی جس سے تمہاری راہ میں مشکلیں پیدا ہوں۔ سوچ کر جواب دو مجھے واپس جانے کی کوئی جلدی نہیں ہے۔ اجے سر میں اب میرا کون بیٹھا ہے۔''

''کیوں اجے سر میں تمہارا خاندان ہوگا۔ بہوئیں، بیٹیاں، بیٹے، پوتے، گھر۔'' کرنل نے کہا۔

میرا سب کچھ اس صحرا میں ہے۔ صرف تیج میرا ہے۔ میرا اٹھا کر۔''

کرنل نے کہا۔ ''گوپے میں چٹائیں سیدھی کر دو دیے جلاؤ ہم اگنی دا کی بات سن ہی لیں'' اور میری طرف دیکھ کر کہا'' ٹوبے کے چاروں طرف پہرہ دونا کر دو۔ میں سارے ٹوبوں اور پانی کے ٹھکانوں پر دیکھ آیا ہوں ایک بوند کہیں نہیں سوائے اس ٹوبے کے رکن پور کے پانی کے ذخیروں کا بھی یہی حال ہے۔''

میں نے سر جھکا دیا۔ ریت ٹھنڈی ہو رہی تھی سیاہ آسمان دوج کے چاند کی روشنی میں خالی خالی سا تھا ڈھلوان پر درختوں میں ہوا سرسرا رہی تھی اور کسم سرے ابھرتی تو بال بکھرائے کنجی کی طرح ہمارے چاروں طرف چک پھیریاں لیتی۔ مدھم زردی میں ستارے ایک دم نہیں جیسے اندھیری راتوں میں ہوتا ہے۔ ایک ایک دو دو کی ٹولیوں میں ہمارے سروں پر جمع ہو رہے تھے۔

''ناتواں اگنی دا کسم سر تک کا لمبا راستہ تم نے کیوں کر طے کیا گرمی اتنی بے پناہ تھی اور تم تو ہوا کے ایک جھونکے سے اڑ جاؤ۔''

دیے کی لو سیدھی اس کی زمانوں سے بھی پرانی آنکھوں میں پڑ رہی تھی اور وہاں ہیرے کی چمک اور پھر الگ الگ ٹکڑے میں الگ جیسے ہیروں کے ریزوں سے بنی مورتی پھر دیوں کی لو

کانپے اور دکھائی دے۔ اگنی دا نے آنکھیں جھپکا کر کہا۔

''کسم سر میرے لیے کوئی جگہ نہیں ہے۔ پھر سانس لینے کے لیے رک کر اس نے کہا۔'' پہلے یہ سارے ٹوبے آباد تھے جیتے جاگتے لوگ یہاں رہتے تھے۔ اجے سر سے اکثر کسم سر آیا کرتی تھی۔ میرے ٹھاکر کے دادا کے وقتوں میں یہ آبادیاں تھیں۔ راج محلوں کی سی رونقیں تھیں۔ پھر اور لوگ، خراب موسم، وقت سب نے مل کر اجے سر کر دیک گڑھی بنا دیا۔'

سیٹی کی آواز کرنل کے منہ سے نکل گئی۔

''تمہیں وشواس نہیں ہے نا۔ میں بھگوان کی سوگندھ اٹھا کر کہتی ہوں۔ یہ سب سچ ہے۔''

''ان ویرانوں کو دیکھ کر کبھی یہ گمان نہیں ہوتا۔'' میں نے کہا۔

''اس دھرتی پر تماشے ہوتے ہیں اور آکاش یہ تماشے دیکھتا ہے، دیکھتے ہی دیکھتے کچھ سے کچھ ہو جاتا ہے راجے ڈاکو بن جاتے ہیں، عزت دار بڑے لوگ بس مٹی میں مل جاتے ہیں۔'' اگنی دا کی مدھم مگر مضبوط اور صاف باتیں سب کو سنائی دے رہی تھیں۔

''یہ تو ہے، یہ تو ہے۔'' کرنل نے اپنے گھٹنے پر ہاتھ مار کر کہا۔

''بھگوان تمہیں سکھی رکھے۔ جب تم یہ سمجھ گئے ہو تو آگے کی بات بھی تمہیں سمجھ میں آجائے گی۔''

''اگنی دا میں تمہاری بات سمجھتا ہوں اور پھر بھی مجھے پتہ ہے تیج سنگھ کو دنیا کی کوئی حکومت معاف نہیں کرے گی۔'' کرنل کی آواز الجھی ہوئی، جھگڑالو، تیز اور قطعی تھی۔

''میں نے کہا ہے تم ٹھاکر کو چھوڑ دو؟'' اس نے ہم سب کے منہ کی طرف دیکھا۔

کسی نے کوئی جواب نہیں دیا۔

''اصل میں سارا قصور میرا ہے۔ اس ساری کہانی کی مصیبت میرے لائے لائی ہوئی ہے۔ بڑے ٹھاکر کو میں نے بچوں کی طرح پالا تھا۔ امر سنگھ کو تیج سنگھ کے باپ کو میں نے اپنا دودھ پلایا ہے اور اس سینے میں آگ جلتی ہے الاؤ لپکتے ہیں۔ جب میں وہ سب یاد کرتی ہوں جو ہوا۔'' وہ سر جھکا کر چٹائی پر

ہاتھ پھیرنے لگی۔

''امر سنگھ سیدھا تھا۔ بھولا اور وشواس کرنے والا اور اس لیے جب اس کے گھر میں وشواس گھات ہوئی تو اسے پتہ ہی نہ چلا۔ کوئی سوچ سکتا ہے کہ وہ بہو جس کو سہاگ رات سے میں نے اپنے ہاتھوں کا سایہ کیا جس کے قدموں میں آنکھیں بچھائیں جسے اپنے کوکھ سے جنم پانے والی بیٹیوں سے زیادہ پیار کیا۔ وہ مجھے ہار دے گی میرے دل کو اپنے پیروں میں مسل کر آگے نکلے گی وہ اس کی پرواہ نہیں کرے گی جو اس کا سہاگ تھا پہلے پہل میں نے سوچا ہو سکتا ہے یہ میرا وہم ہو۔ میری آنکھیں دھوکہ کھا رہی ہوں۔ میرے کان کم اور غلط سنتے ہوں۔ یہ صرف دیور اور بھابھی کی چھیڑ چھاڑ ہو۔ ذرا سی دل لگی تھوڑا سا دلار یونہی مان اور کھیل۔ پتہ نہیں امر سنگھ کو کیوں شبہ نہیں ہوا۔ میں اسے بتا سکتی تھی، ہوشیار کر سکتی تھی مگر اس گھرانے میں خون کی ہولی دیکھنی نہیں چاہی۔ جب سے بیت جاتا ہے تو بس بیت ہی جاتا ہے اور میرا دل یوں ہی اندر باہر ہوتا رہتا تھا۔ خوف کے مارے یوں ہی دھڑکتا تھا۔ جب سب ختم ہو گیا۔ بہو کے سولہ سنگھار اور پور پور سوگندھ اس کے پاؤں کی پائل، اس کے ماتھے کی بندیا۔ اس کی مانگ کا سیندور، اس کی آنکھوں کا کاجل اس کی ستی ساوتری ہونے کی چالیں اس کی ہنسی کی موہنی اس کے ہونٹوں کے میٹھے بول سب مل کر وہ زہر بنے جو تھا کر امر سنگھ کی جان لے گئے۔

رام سنگھ اور بہو نے مل کر ایک جال پھیلایا تھا جس مں امر سنگھ پھنسا اور اس سے پہلے کہ وہ پھڑ کتا وہ نہ رہا۔ آج اس گھڑی سوچتی ہوں جب اس نے ان دونوں کو اپنے پاس دیکھا ہو گا ان کی ظالم آنکھوں میں اپنے انت کا لکھا پڑھا ہو گا۔ اس ایک لمحے اس کی کیا حالت ہوئی ہو گی۔ اس کا دل تو خود ہی پھٹ گیا ہو گا۔

سیڑھیوں سے اترتے ہوئے میں نے رام سنگھ سے کہا تھا چھوٹے بھیا یہ تم نے کیا کر دیا ہے۔ اپنی فتح کی خوشی میں اپنے بھمل اور طاقت ور ہونے کی اس گھڑی میں اس نے مجھے دھکیل کر پرے کر دیا زور سے ہنسا اور کہا۔

تو تم اگنی جانتی ہوتا کہ سب کیا ہوا ہے۔ اپنی زبان بند رکھو۔ جو دیکھا ہے بھول جاؤ۔ اجے سر کا ٹھاکر میں ہوں، میں ہوں اور اس نے زور سے اپنے سینے پر ہاتھ مارا تھا۔ اور پھر وہ لوٹ گیا تھا۔

اجے سر رام سنگھ کا تھا۔ اجے سر کی راج گدی سوگ کے بعد اسے مل گئی۔ سال بیتنے پر بہو بھی اس کی ہوگئی۔ اپنے بھائی کے خون میں ڈوبا۔ ہنستا اور خوش اجے سر کا ٹھاکر بن گیا۔"

"ہوسکتا ہے یہ تمہارا وہم ہو۔ رام سنگھ کو زہر نہ دیا گیا ہو۔ تمہاری سوچ ہو۔" کرنل نے کہا۔

"پہلے پہل میں نے بھی یہی سوچا تھا کہ میں جلن کے مارے دیوانی ہوں ایسی کوئی بات نہیں مگر وہ رات وہ گھڑی بھلائے نہیں بھول سکتی۔ رام سنگھ کا سہاگ، گھر کی سیڑھیوں سے اترنا، مجھ سے ملنا۔ اس کی خوشی۔ یہ سب بُرا خواب بجھنے پر بھی بجھے نہیں جاسکتے۔ بھلائے نہیں جاسکتے۔"

"مجھے پینے کو پانی کا ایک گھونٹ دو بھگوان کے لیے۔ میرا گلہ سوکھ رہا ہے۔" اگنی دا نے ہاتھ پھیلایا میں نے اٹھ کر صراحی سے مٹی کا صحرا اس میں بھر کر اسے تھما دیا۔" ہاں یہ کسم سر کا پانی ہے۔ امرت جہاں پاتال کے سارے سوتے اکٹھے ہوئے ہیں۔"

"سارے ٹوبوں میں کڑوا اور بدبودار پانی ہوتا ہے صرف کسم سر کا پانی پینے کے قابل ہے۔ کبھی سیاہ نہیں پڑتا۔ کبھی سورج کی گرمی سے سوکھتا نہیں اور کبھی کسی پر بند نہیں کیا گیا۔ صرف اب ہم اس پانی کو گھاٹ بنا کر تیج سنگھ کے منتظر تھے۔"

"اجے سر گڑھی کا مالک تو میرا ٹھاکر ہے۔ میں نے اُسے بہو کے سائے سے بھی جدا رکھا اب سوچتی ہوں ہوسکتا ہے اگر یہ ماں کی گود میں رہتا تو حالات دوسرے ہوتے۔ مگر نہیں یہ کیسے ہوسکتا تھا رام سنگھ تو اس کی جان کا لاگو تھا۔ اگر اس کے رونے کی آواز اسے کولیکوں اور آنگنوں کے پاس سے کبھی سنائی دے جاتی تو بہو پر بگڑتا۔ اس کی آنکھوں میں خون اتر آتا وہ بھلا اسے کہاں برداشت کرسکتا تھا۔

میں اسے چھپا کر رکھتی۔ جب یہ کھلکھلا کر ہنستا تو مجھے ڈر لگا رہتا۔ یہ میرے دل کے وہم تھے میری بھول تھی میں سمجھتی تھی رام سنگھ اب تیج کو بھول گیا ہے۔ مہتاب اور شہتاب پیدا ہوئے تو اس

نے مجھے بلایا تھا۔ پالنے پر جھکے ہوئے اور دونوں ایک سی صورتوں کو پیار کرتے ہوئے اس نے کہا تھا۔

''اگنی دا۔ دیکھو یہ میری لوجے ہے۔''

''ٹھاکر بھگوان سدا سکھی رکھیں'' میں نے دور کھڑے ہو کر کہا تھا۔

''قریب آؤ اور دیکھو یہ تیج سے زیادہ خوبصورت نہیں ہیں کیا؟''

دل اچھل کر میرے حلق کے قریب خون خون ہونے لگا۔ میں نے ہاتھ منہ پر بھینچ لیا اور جھک کر ان دونوں کو دیکھا اور پھر سیدھے ہو کے کہا ''یہ ابھی بہت چھوٹے ہیں۔ اور میرا ٹھاکر بڑا ہے۔ بڑا اور بہت سندر۔''

''اگنی! رام سنگھ نے مڑ کر کہا'' تمہاری یہ جرأت۔ تم ہمارے ہی منہ پر ہمارے بچوں کو برا کہہ رہی ہو۔''

''چھوٹے بھیا میں نے تو صرف یہ کہا ہے کہ یہ ابھی چھوٹے ہیں ابھی کیا پتہ چل سکتا ہے۔''

''ہم چھوٹے بھیا نہیں ٹھاکر رام سنگھ ہیں۔ اس گڑھی کے مالک اور یہ شیر کے بچے ہیں۔ ان کا پتہ تمہیں پالنے میں بھی چل سکتا ہے۔'' اس نے گرج کر کہا۔

بہو لیٹے سے اٹھ گئی۔ وہ کانپ رہی تھی۔ باندیاں منہ ڈھانپ کونوں میں چھپ گئیں۔ صرف میں کھڑی تھی اور میں نے کہا تھا۔

''جب تیج بڑا ہوگا تو وہ ٹھاکر ہوگا۔ چھوٹے بھیا یہ اس کے باپ ٹھاکر امر سنگھ کی گڑھی ہے''

میرے سارے شریر میں سے جان نکل گئی تھی ٹانگیں کانپ رہی تھیں اور ہاتھ پسینے سے ٹھنڈے ہو گئے تھے مگر میں نے بڑے ٹھاکر کو گود دوں کھلایا تھا۔ رام سنگھ اور امر سنگھ دونوں کو اپنا دودھ پلایا تھا۔ مجھے اپنے حق اور اپنی شکتی پر بڑا مان تھا۔

''اس تھپڑ کے نشانوں میں آج بھی آگ سلگ اٹھتی ہے۔ جب میں یہ سب یاد کر رہی ہوں۔ چھوٹے بھیا کے ہاتھ کی پانچوں انگلیاں جل اٹھتی ہیں۔'' اگنی دا نے اپنا تڑا مڑا زمانوں پرانے

کاغذوں کا سا گال سہلایا۔

''اگنی دا۔ اگنی دا۔'' وہ چیخنے لگا ''یہاں سے چلی جاؤ۔ اگنی دا'' مگر میرا سارا جسم یوں ڈھے گیا تھا جیسے بارش میں کچی دیوار بیٹھ جائے۔

اس کے بعد ہر دن ایک نئی مصیبت لے کر آتا۔ رام سنگھ تیج کو بلاتا دانت پیستا اسے ڈانٹتا پھٹکارتا کبھی حکم دیا جاتا کہ تیج کو گڑھی سے باہر نکلنے نہ دیا جائے اس پر نت نئے عذابوں اور نت نئی پابندیوں کی آزمائش ہوتی۔

ہوسکتا ہے کہ اگر میں اپنی زبان بند رکھتی تو ہم پر یہ عذاب نہ ٹوٹا کرتا ان سارے زمانوں، لمبے سالوں میں یہ سب کچھ میری وجہ سے ہوا۔ اصل دشمن میں تھی۔ جب دوسرے آپ کا حق چھینتے ہیں تو وہ ساری راہیں بند کر دیتے ہیں۔ ان کے اپنے دل تک جانے والے راستوں پر بھی پہرے ہوتے ہیں وہ نرمی، محبت، رشتہ، حق، ہر شے کو بھول جاتے ہیں۔ ان کے لیے یہ کہانیوں کی باتیں ہوتی ہیں جو کسی اور دیس میں، کسی اور جنم میں زندہ ہوتی ہیں۔

میں جب تیج کو مہابھارت کی کتھائیں سناتی تو وہ ہنس دیتا۔ ''اگنی دا، جو آدمی بچپنے میں کچھ نہ کر سکے، جوانی میں بھی کچھ نہیں کر پاتا۔ اگنی دا میں کچھ نہیں کر سکوں گا۔ تم ایسے ہی اپنی جان کھپاتی ہو۔ بھلا یہ کیسے ہوسکتا ہے۔ یہی تمہارے سپنوں کا سورما بن کر گڑھی کا مالک بن جائے گا۔ میں کونتی ہوں۔ پانڈوؤں کی ماں کا بیٹا۔''

جب میں منہ لپیٹ کر لیٹ جاتی اور اس سے نہ بولتی تو وہ کہتا۔ ''اگنی دا اگر تم کہتی ہو تو میں بہت بڑا اونچا سورما بن جاؤں گا۔ میرا سر چھت سے بھی اونچا ہوگا۔ بازو پھیلا کر یہ ساری جگہ گھیر لوں گا۔''

''اگر تم کر سکو تو مجھے پھانسی پر لٹکا دو۔'' میں نے اسے جھوٹے سپنوں میں الجھائے رکھا۔ میں چوری چوری اسے گھوڑوں پر سواری کیلیے بھیجتی۔ اسے تیر چلانا اور وہ سارے کرتب جو گڑھی کے ٹھاکر کو آنا چاہئیں سکھاتی رہی۔ میں نے اسے اندر سے نہیں باہر سے ٹھاکر بنا دیا۔ ایک نرا شا اور

گھٹن اور بنا محبت کے پلا ہوا بچہ۔سہا ہوا ڈرا ہوا۔ ڈرایا دھمکایا بچہ وہ آزادی اور دل کہاں سے لاتا جو ٹھاکر بننے کے لیے ضروری ہے۔'' وہ چپ ہوگئی جیسے کھوگئی ہو۔ایک دوپہر جب رام سنگھ کے باز گڑھی کا چکر لگا رہے تھے اڑ رہے تھے تو تیج نے ان میں سے ایک کو اپنے تیر سے زخمی کردیا۔ میں منہ نہ کرتی رہی اور اس نے مجھے خوش کرنے کے لیے اپنے تیر کا صحیح نشانہ آزمانے کے لیے اس اڑتے باز کو نشانہ بنایا۔

دیواریں بھی کانپ رہی تھیں اور خوف سے سہمے ہوئے نوکران میں گھسے جاتے تھے جب رام سنگھ نے میرے آنگن کا دروازہ توڑ ڈالا۔ اس نے تیج کو اٹھا کر زمین پر پٹخ دیا۔ وہ چیختا رہا اور وہ اسے ٹھوکریں لگاتا رہا۔ اسی گھڑیوں میں بھگوان سو جاتا ہے کیا؟''

بہت دیر تک اگنی داخاموش رہی۔ تھکی ہوئی چڑیا کی طرح زور زور سے سانس کھینچتی ہوئی یادوں کے دیوں میں خون جلاتی رہی۔

جب بہوا سے دیکھنے آئی تو جانے رات کا کون سا پہر ہوگا۔ تیج رہ رہ کر چیختا تھا اور ڈر کر سسکنے لگتا تھا۔ ذرا سا بچہ ستار کے تنے ہوئے تار کی طرح ہوا سے بھی بج اٹھتا ہو۔ کوفت اور شرمندگی اور بے عزتی کے احساس سے روندے جانے ٹھکرائے جانے کی اذیت سے سوجے ہوئے چوٹ کھائے ہوئے جگہ جگہ سے ابھرے ہوئے زخموں کی وجہ سے سو نہ سکتا تھا۔ میری آنکھوں میں آنسو نہ تھے۔ صرف خشک سسکیاں تھیں جن کو روکے ہوئے بیٹھی میں سنکائی کر رہی تھی۔ روشنی کی چبھن سے بچنے کیلیے اپنی آنکھوں پر پردہ ڈالنے کے لیے میں نے دیا بجھا دیا تھا۔ عجیب سنساتی ہوئی بے تاب رات تھی۔ ناگن کی طرح پلٹ پلٹ کر جس کی تنہائی پلٹ پلٹ کر مجھے ڈستی تھی۔ تیج کا کوئی بھی نہ تھا۔ میرا کوئی نہ تھا۔ ہم بھگوان کی اتنی بڑی دنیا میں اکیلے تھے۔ اکیلے اور بھلائے ہوئے۔ میں امر سنگھ کو اور بڑے ٹھاکر کو اور سارے گزرے ہوؤں کو یاد کر رہی تھی۔ مجھے لگتا تھا کوئی نہیں ہے کچھ نہیں ہے۔ میں اور تیج پاتال میں گھر گئے ہیں۔ بھگوان میں یہاں سے کیسے نکلوں۔ کسے پکار کے آواز دوں۔۔ بہو نے دیا تپائی کے نیچے رکھ دیا۔ میں کھڑی ہوگئی۔

''اَگنی دا تیج کا کیا حال ہے۔''

''اچھا ہے رانی ماں۔ٹھیک ہے''میں نے سر جھکا کر کہا۔

''اَگنی، میں تمہاری بہو ہوں۔تیج کی ماں ہوں۔رانی ماں نہیں ہوں۔''بہو میرے پاؤں کے قریب بیٹھ گئی''جو آ گیا رانی ماں''میں نے اپنے پاؤں گھاگھرے کی گوٹ کے اندر کر لیے۔''تیج کی ذرا دیر ہوئی آنکھ لگی ہے اگر برا نہ مانیں تو آنگن میں چلیں وہ روشنی دیکھ کر جاگ جائے گا۔''ہم دونوں باہر آ گئیں۔

اَگنی، اس میں میرا کوئی دوش نہیں تم نے تیج کو ردکا ہوتا۔ٹھاکر کے باز پر تیر کیوں چلایا۔''

''دیکھو بہو میں تمہیں دوش نہیں دیتی مگر تم شتاب اور مہتاب کی ماں ہو اس بن ماتا پتا کے بچہ پر کچھ تو دیا کرو' اسے جینے کا حق تو دو تمہاری کرپا ہوگی۔اگر تم اپنے پتی سے کہہ کر اسے کسی سکول میں بھجوا دو وہیں جہاں پر امر سنگھ کو بھجوایا گیا تھا۔''

''میں نے اپنا ہاتھ اس کے ہاتھ سے نہیں چھڑایا۔ٹپ ٹپ آنسو میری انگلیوں کے بیچ سے گرتے رہے۔دونوں ہاتھوں کو بھگوتے رہے میں بنا ہلے کھڑی رہی۔ایسی ہی رات تھی کالی اور دکھ بھری گونجوں سے کراہتی ہوئی۔''اگنی دا، تم کچھ بھول نہیں سکتیں مجھے تیج سے ملنے دو، اس کے زخموں پر مرہم لگانے دو۔یہ دیکھوں میں یہ لائی ہوں۔''اس نے ایک ڈبیہ میرے ہاتھ میں دے دی۔

''جانے اس میں کیا ملا ہو۔تمہارے پتی دیو کو پتہ چل گیا تیج کو جیتا نہ رہنے دے گا اس لیے تم یہ واپس لے جاؤ اور خود بھی جاؤ۔''میں نے اسے اپنے آنگن سے تقریباً دھکیل کر دروازہ بند کر دیا۔

''تیج اچھا ہوا تو مجھے اُسے گڑھی سے باہر بھجوانے کی جلدی لگ گئی۔میں نے آپ ہی آپ پرانے دنوں کی یادوں کے سے۔اس کے کپڑے اور دوسرا سامان ٹھیک کرنا شروع کر دیا۔سامان جو کبھی میں نے ٹھاکر امر سنگھ کے لیے تیار کیا تھا۔ایسا ہی سامان جو میں نے بڑے ٹھاکر کے لیے بنایا تھا۔اپنے زمانوں میں میرا دل ہلکا ہوتا مگر اب بھاری اور ڈوبتا ہوا تھا۔

اگلی صبح اسے روانہ ہونا تھا۔ سب تیاریاں مکمل ہو چکی تھیں میں تیج کو سینے سے لگائے بیٹھی تھی، جانے اب کب ملنا ہو اور ہو بھی سکے کہ نہیں۔ جینا اور مرنا تو بھگوان کے بس میں ہے پر میں پل پل مر رہی تھی۔ آج تک مر رہی ہوں۔ چاروں دشاؤں میں طوفان اور ہوائیں اور بلوان دشمن ہیں۔ میرا اکیلا بچہ تیرے حوالے ہے۔ بھگوان میرا یہ آنگن سونا نہ ہونے دینا۔ یہ دیا جلتا رہے۔ امر سنگھ کا یہ نام مٹ نہ جائے۔ بھگوان تو نے موت بنائی ہے اور زندگی بھی۔ تو نے آشائیں دی ہیں اور ان کو پورا کرنے کا بھی زور تیرے پاس ہے۔'' پھر میں نے اور تیج نے مل کر مورتی کو پرنام کیا۔ میں نے آسن سے اٹھا کر سیندور کا ٹیکا اسے لگایا جیسا گڑھی کے ٹھاکر اپنی پیچدار پگڑی پہنتے سے لگاتے ہیں۔ امر سنگھ کی پگڑی اس کے سر پر رکھی تو اس نے کہا۔

''اگنی دا میں کسی شے پر وشواس نہیں رکھتا۔ نہ بدلہ لینے میں نہ گڑھی کا سردار بننے میں اتنی لمبی چوڑی دینا ہے اس میں مجھے بھیج رہی ہو تو وعدوں میں قید نہ کرو۔ اب ہم یہاں سے باہر کہیں ملیں گے تمہیں پتہ ہے میں اب واپس نہیں آؤں گا۔ میں کس لیے واپس آؤں۔ اگنی دا، دیکھو رو کر نہیں اب ہنس کر مجھے وداع کرو۔ اے سرکی گڑھی تو ساری دنیا نہیں ہے؟ جانے کیا کیا تمہاری اور میری آنکھوں نے نہیں دیکھا جو ہے۔'' میرا ہاتھ جہاں تھا وہیں رہ گیا۔ یہ ذرا سا بچہ جو میرے سینے کے ساتھ لگ کر سوتا تھا اور جب بھوک لگتی تھی تو منہ بسور کر کھانا مانگتا تھا۔ یہ ایک دم اتنا بڑا اتنا سمجھدار کیسے ہو گیا۔ یہ بڑی بڑی باتیں جو مجھے بھی سمجھ میں نہیں آتیں اس نے کب کہاں سے سیکھی ہیں؟ میں نے تو اسے کبھی اپنی آنکھوں سے اوجھل نہیں ہونے دے۔

''تمہیں پتہ ہے اگنی دا جب میں گھوڑوں کو بھگانے کے لئے باہر جاتا ہوں تو میں ہوا کے چکر میں اپنا پاؤں ضرور دھرتا ہوں۔ مہاراج کہتا ہے کہ اس چکر میں پاؤں دھرنے والا ہوا کے جادو کے زور سے باقی بندھنوں سے آزاد ہو جاتا ہے خوب گھومتا ہے مسافر بنا رہتا ہے۔''

''بھگوان میں نے اپنا ماتھا پیٹ لیا۔'' تو یہ مہاراج تھا جس نے میرے تیج کو ہوا کے چکر میں پاؤں دھرنے کا بتایا تھا۔!!

''یہ چکر کیا ہوتا ہے؟'' کرنل نے پوچھا۔

''صحرا میں رہنے والوں کے اپنے وہم ہیں۔'' میں نے اگنی دا کی جگہ جواب دیا'' ہر جگہ کے چھوٹے چھوٹے وہم ہوتے ہیں۔ شگون اور اشارے۔''

''تیج اسکول سے کبھی واپس نہیں آیا۔ چھٹیاں ہوتیں تو وہ اپنے کسی ستاد کے ساتھ پہاڑ پر بھجوا دیا جاتا سردیاں ہوتیں تو وہیں پڑھائی کی کمی پوری کرنے کے خیال سے اسکول کے بورڈنگ ہاؤس میں ٹکا رہتا۔ میں بولائی ہوئی دیوانوں کی طرح اپنے آنگن سے اندر دالانوں میں اور دالانوں سے باہر چھت پر اوپر نیچے پھرتی رہتی۔ آس لگائے لگائے راہ دیکھتے دیکھتے سولی پر لٹکے لٹکے مجھے نیند بھی نہ آتی لمبی دوپہروں کو جب سوچیں میرا پیچھا نہ چھوڑتیں۔ ہے بھگوان اب کیا ہوگا؟ کبھی تو، کبھی تو سکھ اور تیج مجھے آن ملیں گے۔

جب اجے سر کی گڑھی کے باہر ایک سنسان رات میں تیج مجھے ملا ہے۔ تو اسے دیکھتی رہ گئی۔

''تم نے مجھ یہاں کیوں بلایا ہے۔ گھر چلو۔ میرے سونے آنگن میں بہار آئے۔ میں تمہاری راہ دیکھتی رہی ہوں۔''

''اگنی دا'' اس نے اپنے بازوؤں کے گھیرے میں لے کے مجھے اپنے سینے سے لگاتے ہوئے کہا۔

''اب میں بڑا ہو گیا ہوں اور تمہارے آنگن میں سما نہیں سکتا۔ تم نے ہی تو مجھے کہا تھا کہ تو سورویر ہو۔ تب تم مجھے کس آنگن میں لیے جاتی ہو۔''

وہ اتنا بڑا، ایک دم عقلمند ہو گیا تھا کہ مجھے کوئی جواب بجھائی نہ دیا۔ میں اس کے ساتھ لگ کر کھڑی رہی، کھڑی رہی، اس کے پسینے کی سگندھ اس کا بھرا ہوا جسم یہ سب میرے تھے۔ ہاں میں اب اس پر مان کر سکتی تھی۔ شتاب اور مہتاب کی ماں نہیں، بہو نہیں۔ میں تیج کی ماں تھی۔ وہ مجھے کمزور بچہ سمجھ کر میرے سفید بالوں پر ہاتھ پھیر رہا تھا۔ میرے ماتھے اور گالوں کو چوم رہا تھا مجھے گھڑی گھڑی اپنے سے لگا رہا تھا۔ تیج میرا بچہ تھا۔ میرا اپنا تھا۔

''تیج! میرے بچے آخر تم کہاں جا رہے ہو۔'' جب اس نے مجھے اپنے سے الگ کیا تو میں نے پوچھا۔

''یہ گمبھیر، بڑی اور گہری رات ہے اس میں کیا ہے۔ مجھے معلوم نہیں اس میں کیا ہے۔ نہیں معلوم نہیں بس میں یہی کھوجنے نکلتا ہوں۔ انجانے کا جادو، ہوا کا جادو، زور سے ٹکر لینے کا جادو مجھ کو گھیرے ہوئے ہے۔ اس نے مجھے پھر اپنے ساتھ لگا لیا۔

مجھے بہلاؤ نہیں تیج۔ مجھے بتاؤ تم کہا رہتے ہو۔ راتوں کو کہاں گھومتے ہو۔ کچھ مجھے جاننے کا ادھیکار ہے۔ ہے کہ نہیں۔'' میں نے پوچھا تھا۔

اس نے ہنس کر کہا تھا۔'' سارے ادھیکار تمہارے ہیں مگر ان سوالوں کے جواب کسی اور وقت دوں گا۔ جب کبھی پھر ملیں گے۔ صرف یہ کہتا ہوں کہ جب میرے زخموں کے نشان ابھرتے اور دکھتے ہیں۔ جب ان میں پھر سے ٹیسیں اٹھتی ہیں تو میں ان لوگوں کے لیے دوا کھوجتا ہوں جو دکھی ہوں اور جن کی مدد کرنے والے کوئی نہیں۔ میرے لیے کسی گڑھی کی ضرورت نہں۔ کسی نیلے ہیرے کی ضرورت نہیں۔''

''بے کار کی باتیں۔'''' کرنل نے چٹائی پر اپنا پہلو بدلتے ہوئے کہا۔

''مجھے تیج نے یہی کہا تھا۔ تب سے اب تک اس گھڑی تک جانے کتنا سمے بیت گیا ہے۔ میری اور اس کی بھینٹ کہیں نہیں ہوتی۔''

''میں تمہارے تیج کو ڈھونڈتا تو پھر رہا ہوں۔ کرنل نے بات ختم کی ہی تھی کہ گولی چلنے کی آواز آئی ہم نے پھونک مار کر دیا بجھا دیا۔ بندوقیں اٹھائیں اور باہر کی طرف بھاگے۔ ستاروں کا غبار روشن اور زیادہ چمکنے والے تاروں کے درمیان آبشار کی طرح ہمارے سروں پر گر رہا تھا۔ جال میں سوئی ہوئی چڑیاں بے چین ہو کر جاگ اٹھی تھیں، کہیں جنڈ اور کریل کی خشک ٹہنیوں پر پانی کے کھارے ٹڈوں نے اپنی چرچر پھر شروع کر دی تھی۔

بھاگتے قدموں، اونٹوں کے بلبلانے اور گولیوں کی ہر طرف سے آوازیں گھوم پھر کر سنانے کو

توڑ رہی تھیں۔ ہوا جس رخ چلتی آواز اُدھر ہی پلٹتی تھی۔

ہمارے پیچھے سے اگنی دا کی آواز گونجی۔ ''تیج ٹھاکر میں یہاں ہوں۔ تمہاری اگنی دا۔''

ہمارے ہاتھ بندوقوں پر جم گئے۔ سانس رُک گئی۔ جس طرف سے آواز ابھرے گی ہم اُدھر ہی نشانہ باندھیں گے۔

اور ہم ٹھیک ہی منتظر تھے۔ ٹوبے کے کنارے سے کسی نے زور سے کہا۔

''اگنی دا۔ سورگ میں۔'' اس سے پہلے کہ ہم شست باندھتے بات ختم ہوگئی۔

رنہال پوسٹ پر جس اگنی دا کو ہم نے دشمن کے سپاہیوں کے حوالے کیا اس کا وزن چڑیا سے بھی ہلکا تھا۔ بند آنکھوں کے گرد عجیب مسکان تھی۔ بے دانتوں کا چہرہ بھرا بھرا تھا اور گلابی جیسے بھور کا مکھ ہو۔ انجانے کے اور ہوا کے چکروں میں جانے کون قید تھا اور کون آزاد تھا۔ سورگ کہیں ہے بھی کہ نہیں۔

☆☆

انور خاں

سوکھے جھرنے

کرفیو ہٹتے ہی میں نے یوسف کو فون کیا

''ہیلو''اس کی کرخت آواز میری سماعت سے ٹکرائی مجھے تو اطمینان ہوا۔

'' کیسے ہو؟''میں نے پوچھا۔

''زندہ ہوں'' وہ غرایا۔''یہی جاننا چاہتا تھا نا''

''کل ششی ملا تھا۔''

''کون ششی؟''

''تیرا کالج کا یار غار''میں نے کہا۔''شا کھا پرکھ''

''کیا کہہ رہا تھا؟۔''یوسف نے پوچھا

''وہ کہہ رہا تھا، یوسف کو سمجھاؤ۔ حالات اچھے نہیں ہیں۔ رات میرے علاقے سے نہ گزرے۔''

''شا کھا پرکھ ہے تو کیا۔ سالا پورے علاقے کا ٹھیکیدار ہو گیا کیا؟''

''وہ تیرے بھلے کے لئے کہہ رہا تھا۔ ہر آدمی تو تجھے نہیں پہچانتا۔ کچھ اونچ نیچ ہو گئی تو کیا؟

''تو تو یہی چاہتا ہے؟''

''پاگل پچھلے ایک ہفتے میں وہاں پانچ آدمی چاقو سے زخمی ہوئے ہیں۔ اور تو نے ششی سے کیا کہا تھا؟''

''کیا کہا تھا؟''

''تو نے یہ کیوں کہا کہ اپنے پیسے کی پیتا ہوں۔ تیری طرح فقیر نہیں اور اس کے ساتھیوں کے سامنے یہ کہنے کی کیا ضرورت تھی۔''

میں تو سیدھے راستے پر جا رہا تھا۔ وہی زور سے اُسے ''بیوڑے'' کہہ کر چلایا تھا۔ پھر میں اور کیا کہتا۔ میں کیا کہتا۔ میں کیا بار میں جا کر اس کی طرح پھوکٹ میں پیتا ہوں؟''

''وہ تو دوستی میں مذاق کر رہا تھا۔ اس کے ساتھی بگڑ جاتے تو؟ تجھے نہیں معلوم کہ اس کے ساتھ دو چار غنڈے ہمیشہ رہتے ہیں۔ اور بیوڑا تو تو ہے ہی۔ ورنہ لت نہ ہوتی تو کیا تو دن میں بھی وہاں سے گزر سکتا تھا؟'' میں نے کہا۔

''مجھے معلوم ہے یہی کہنے کے لئے تو یہ جب سے ہمدردی کا ناٹک رچا رہا ہے۔'' اس نے کہا۔ ''ابھی میرا مرنے کا کوئی ارادہ نہیں۔''

اس نے فون منقطع کر دیا۔

یوسف مجھے اپنا دشمن خیال کرتا ہے۔ چالیس سال پہلے میں نے اپنے کالج کی ہم جماعت زلیخا سے شادی کر لی تھی۔ تب سے وہ مجھ سے خفا ہے۔ میں نے اسے سمجھانے کی بہت کوشش کی ہے۔ مجھے کیا پتہ تھا کہ وہ زلیخا سے محبت کرتا ہے۔ اس نے مجھے کبھی بتایا ہی نہیں۔ میں سمجھتا تھا کہ اسے زلیخا میں بس ایسی ہی دلچسپی ہے جیسی مردوں کو عموماً ہوتی ہے۔ میں نے زلیخا کے سامنے شادی کی تجویز رکھی اس نے قبول کر لی۔ ہر مشرقی لڑکی کی طرح وہ بھی کسی معقول پیغام کی منتظر تھی۔ کوئی لڑکا ہو۔ بس ٹھاک ٹھاک ہو جس کے ساتھ زندگی چین سے گزر جائے۔ اگر وہ انکار کر دیتی تو کون سا مجھ پر پہاڑ ٹوٹ پڑتا۔ مجھے وہ اچھی لگی میں نے پیغام دے دیا۔ اگر وہ انکار کرتی تو بس تھوڑا سا افسوس ہوتا، پھر کوئی اور ڈھنگ کی لڑکی مل جاتی۔ اگر وہ مجھے بتا دیتا کہ زلیخا کو چاہتا ہے۔ اس سے شادی کا خواہش مند ہے تو میں ہرگز پیغام نہ دیتا۔ لیکن اس نے مجھے بتایا ہی نہیں۔ شاید اسے ہیٹی محسوس ہوئی۔ ہم دونوں بچپن کے دوست ہیں اور ہماری حریفائی بھی اتنی ہی پرانی ہے۔ امتحانات میں ایک دوسرے پر سبقت لے جانے کی کوشش۔ کھیلوں میں ایک دوسرے کو شکست دینے کی

خواہش۔کئی بار اس کے نتیجے میں مار پیٹ بھی ہوئی لیکن پھر سب کچھ بھول بھال کر ایک ہو گئے۔
نادانستگی میں میں نے اس کی محبوبہ اس سے چھین لی اور وہ بری طرح ٹوٹ گیا۔

میری شادی کے بعد وہ کبھی میرے گھر نہیں آیا۔شاید یہ تصور ہی اس کے لئے جاں کاہ تھا کہ ہم دونوں کو اکٹھے دیکھے۔ان دنوں زلیخا اس سے واقف تھی۔اگر اس نے پہل کی ہوتی تو شاید آج وہ اس کی بیوی ہوتی۔اس کے باوجود میں اس سے برابر ملتا رہا کہ وہ میرے بچپن کا دوست ہے۔میں جب بھی اس کے گھر جاتا وہ مجھے رکنے کے لئے کہتا۔اور مجھے کسی قریب کے ریستوران میں لے جاتا۔رفتہ رفتہ وہ کچھ نارمل ہو گیا تھا لیکن مجھے معاف نہ کر سکا۔

شادی کے چند سال زلیخا اور میں ایک جان دو قالب رہے۔پھر وہ اپنی گرہستی میں ایسی الجھی کہ بچوں کے علاوہ سب کچھ فراموش کر بیٹھی۔اسے تو بس ایک عدد شوہر چاہئے تھا جو اسے مل گیا۔بچے ہو جانے کے بعد میری حالت گھر میں سمٹی رہ گئی۔میں کیا کرتا۔میں نے اپنے دوستوں اور واقف کاروں میں پناہ لی۔دن بھر کے کاموں سے فراغت پا کے قریب کے ہوٹل کا رخ کرتا ہوں۔رات گئے تک دوستوں میں ریس، میچ، کھیل کود، شیئر بازار سیاست اور دنیا بھر کی الم غلم باتیں ہوتی ہیں۔سچ پوچھئے تو اس زندگی کا اپنا ایک لطف ہے۔جسے دوسرے نہیں سمجھ سکتے۔لوگ ہمیں دیکھتے ہیں اور سوچتے ہیں۔یہ لوگ تھک گئے ہیں۔اور اسی لئے زندگی کی دوڑ سے الگ ہو گئے ہیں ورنہ ہماری طرح یہ بھی ایک دوسرے سے آگے بڑھنے کی فکر میں لگے ہوتے......لیکن ہم مطمئن ہیں۔اوپری دل سے ہم انہیں سراہتے ہیں کہ وہ لوگ کتنے کامیاب ہیں۔اپنی زندگی پر تاسف کا اظہار بھی کرتے ہیں لیکن اندر سے ہمیں ان پر ہنسی آتی ہے۔جو جاہ وعزت اور شہرت کے پیچھے گھلے جا رہے ہیں۔ہم تو دنیا کو سمجھ کر بیٹھے ہیں۔

شام کو یوسف مجھ سے ملنے آیا۔

''کیوں فون کیا تھا؟'' اس نے تنک چڑھے لہجے میں پوچھا۔

''میں ڈر رہا تھا تجھے خدانخواستہ کچھ ہوا تو نہیں؟''

''یہ تسلی تجھے کبھی نہیں ملنے کی۔''

''چائے منگواؤں......اے عبدل......''

یوسف نے غصے سے مجھے دیکھا۔ میرا پوچھنا اسے برا لگا۔

''میں سمجھا تھا شاید تو کولڈ ڈرنک......''

''پنچ ناٹک مت کر'' وہ اور بگڑا ''میں پچھلے تین سال سے تیرا یہ ناٹک دیکھ رہا ہوں۔''

''پچاس سال'' میں نے تصحیح کی ''ہم لوگ بچپن کے ساتھی ہیں۔''

''پر تجھے دوستی کی قدر کہاں؟'' وہ غرایا۔

''قدر نہیں ہوتی تو تجھے فون کیوں کرتا؟''

''میں سب سمجھتا ہوں تو نے فون کیوں کیا تھا؟''

شاید اسے وہم ہو گیا ہے کہ میں اس کی موت کی راہ دیکھ رہا ہوں۔

''تیرے مرنے سے میرا کیا فائدہ؟'' میں نے پوچھا۔

''تجھے تو چھٹکارہ مل جائے گا نا'' ایک تلخ مسکراہٹ اس کے چہرے پر بکھر جاتی ہے ''ہر وقت تجھے ستاتا جو رہتا ہوں۔''

''جس کو جانا چاہیے وہ تو جاتی نہیں۔ تو خواہ مخواہ میرے گلے کیوں پڑتا۔''

''اس کی بات مت کر'' وہ زور سے پھٹ پڑا۔ اس کے گلے کی رگیں پھول گئی تھیں۔ ہوٹل میں بیٹھے لوگ اپنی میزوں سے گھوم کر ہمیں گھورنے لگے۔

''ابے گدھے آہستہ بات کر تماشا کیوں کرتا ہے۔'' میں نے کہا۔

ویٹر چائے کی پیالیاں رکھ گیا۔

''مسکہ پاؤ منگواؤں؟''

''بن مسکہ لا۔''

ویٹر ہنستا ہوا چلا گیا۔ وہ اس ڈرامے کا عادی ہو چلا ہے۔

''تو اس کے نام سے اتنا بد کتا کیوں ہے؟'' میں نے اسے چھیڑا۔

اس کا چہرہ سرخ ہو گیا۔ مجھے ہنسی آئی۔ شاید اس کے تصور کی زلیخا ابھی انیس سال کی ہے۔ پھر مجھے اس پر رشک آنے لگا۔ جینے کے لئے اس کے پاس ایک تصور تو ہے۔ پہلے میں سمجھتا تھا۔ میں بہت خوش قسمت ہوں۔ خوبصورت زلیخا میرے ساتھ ہے۔ اس کی مترنم ہنسی، لمبے لمبے سیاہ بال، گدرایا ملائم جسم۔ نینداس کی ہے دماغ اس کا ہے، راتیں اس کی ہیں، تیری زلفیں جس کے بازو پر پریشاں ہو گئیں۔ غالب کا یہ شعر نہ جانے کتنی بار دوہرایا ہوگا۔ مگر ہم دونوں ہی خستہ ددر ماندہ ساتھ ہونے کا ناٹک نبھا رہے ہیں۔ اچھا ہے یہ میرے گھر نہیں آتا۔ درنہ زلیخا کو آج دیکھ لے تو شاید صدمے سے مر ہی جائے۔

زلیخا کے تصور سے وہ موج میں آ گیا ہے۔ ہنسی، مذاق، لطیفے، چہلیں۔ اب وہ میری شادی سے قبل کا یوسف معلوم ہو رہا تھا۔ کم عمر، کھلنڈرا، زندہ دل۔

اچانک سب کو احساس ہوا کہ رات کے دس بج رہے ہیں۔ باتوں باتوں میں کتنا وقت ہو گیا۔ وہ اٹھ کھڑا ہوا۔

''دو روز بعد ملنے آؤں گا۔'' میں نے اس سے کہا۔

''اس کی کیا ضرورت ہے؟'' اس کا چڑچڑا پن عود کر آیا۔ میں ابھی بہت دن جیوں گا۔'' اس نے اپنا بیگ اٹھایا۔

''کب آئے گا تو؟''

شام کو چھ بجے کے بعد۔''

''ٹھیک ہے۔'' وہ چلا گیا۔

دو روز بعد میں اس کے گھر گیا۔ دروازہ بند تھا۔ دیر تک گھنٹی بجائی اور دستکوں کے باوجود دروازہ نہیں کھلا تو میں نے زور زور سے کھٹکھٹانا شروع کیا ____ پڑوسی باہر نکل آئے آخر ایک نوجوان اپنے فلیٹ کی گیلری سے اس کے گھر میں کودا اور دیوان خانے کی چٹخنی کھولی۔

وہ سامنے صوفے پر لیٹا تھا۔ دائیں کروٹ۔ آنکھیں میز پر ہی رکھی زلیخا کی نوجوانی کی تصویر پر اٹکی تھی۔ یہ تصویر اس نے کالج کی میگزین سے نکالی ہوگی، میں نے سوچا اور اسے انلارج کر کے فریم کروایا ہوگا۔

اس کی روح پرواز کر چکی تھی۔

''میں نے زلیخا کو فون کیا۔''زلیخا آج میں دیر سے آؤں گا۔''

''کیوں؟''

''یوسف کا انتقال ہوگیا۔''

''کون یوسف؟''

''میرا ادوست۔ تمہیں یاد ہے۔ کالج میں ہمارے ساتھ تھا۔''

مجھے تو کچھ یاد نہیں آرہا۔ لیکن آپ جلد آنے کی کوشش کیجئے گا۔ اور ہاں جنازے کے ساتھ مت جانا۔ اس عمر میں......''

''کیسے نہ جاؤں؟

میں نے اس کی آنکھیں بند کیں اس کے گالوں پر پیار کیا۔

سوکھی آنکھوں میں اتنا پانی کہاں سے آگیا؟

رومال سے آنکھیں پونچھتے ہوئے میں قریب کے صوفے پر گر پڑا۔

☆☆

منشا یاد

دیدۂ یعقوب

وہ اپنی آمد کے پروگرام کی تفصیل بتا رہا تھا مگر مجھے اس سے زیادہ دلچسپی نہیں تھی کہ وہ کس ایئر لائن سے آئے، کس کلاس میں سفر کرے اور کون سے روٹ سے پہنچے۔ پیاسی زمین کو اس سے کیا کہ بادل مشرق سے آئے یا مغرب سے؟ اسے تو بارش چاہیے۔ میرے لیے وہی ایئر لائن سب سے اچھی جو اُسے رش کے اس موسم میں جلد از جلد گھر لے آئے اور اگرچہ ساتویں آٹھویں روز ہم اس کی آواز سن لیتے مگر اسے دیکھتے ہوئے اداسی کے بگولوں سے اٹے ساتھ آٹھ سو دن اور اتنی ہی العطش العطش پکارتی پیاسی راتیں ہو گئی تھیں۔ آواز کا رابطہ بالمشافہ ملاقات کا بہت اچھا نعم البدل ہے مگر محبت لمس چاہتی ہے مجھے یاد ہے جب شروع شروع میں اس کا فون آتا تو میری بیوی اس سے بات کر کے رونے لگتی۔ میں کہتا تمہیں تو خوش ہونا چاہیے مگر وہ کہتی اس کی آواز سن سکتی ہوں اسے دیکھ تو نہیں سکتی نا۔ ایک بار میں نے اس سے اس بات کا ذکر کیا تو کہنے لگا اس کا انتظار بھی ہو جائے گا عنقریب آپ لوگ انٹرنیٹ کے ذریعہ میری آواز کے ساتھ تصویر بھی دیکھ سکیں گے لیکن کیا ہماری اس سے تشفی ہو جائے گی؟

مجھے اس کی آمد کی خبر سن کر خوشی تو ہوئی ہے مگر زیادہ نہیں کیونکہ اس کا مطلب ہوتا ہے سال دو سال کی پھر لمبی جدائی۔ مجھے اس کی متوقع آمد کا انتظار کھینچنا اور دل کی منڈیر پر کوے کا بولتے رہنا زیادہ اچھا لگتا ہے یا پھر وہ لوٹ کر نہ جانے کے لئے آئے۔ میرے بس میں ہوتا تو میں کبھی اسے اتنی دور نہ جانے دیتا۔ ابا کے ہمیشہ کے لئے بچھڑ جانے کے بعد ایک روز میں نے حساب لگایا کہ وہ میری پیدائش کے بعد بچاس برس تک زندہ رہے لیکن تعلیم اور ملازمت کی خاطر میں انہیں گاؤں چھوڑ کر شہر آ گیا اور میری عمر کے بچاس برسوں میں سے ابا کے حصے میں زیادہ سے زیادہ کتنے برس

آئے ہوں گے۔ یہ حساب کر کے مجھے سخت صدمہ ہوا کہ ابا زندہ تھے اور اسی دنیا میں تھے مگر میں پینتیس برس ان سے دور رہا اور ان کی زندگی میں کبھی اس دوری کو محسوس تک نہ کیا۔ لیکن اب میرا اپنا بیٹا مجھ سے جدا ہوا ہے تو مجھے ابا کے جذبات و احساسات کا کچھ کچھ اندازہ ہو رہا ہے وہ ہر دوسرے تیسرے مہینے ملنے آ جاتے اور جب تک قیام کرتے ان کی خواہش ہوتی مجھے دفتر سے چھٹی ہو اور میں دن رات اُن کے پاس بیٹھا باتیں کرتا رہوں مگر میں سال دو سال میں گاؤں کا ایک آدھ چکر لگاتا تو مشکل سے ایک دو راتیں گزار سکتا پھر مجھے اس شہر کی رونقیں، روشنیاں اور اپنی دلچسپیاں پکارنے لگاتیں اور بعض اوقات میں شام کے وقت واپس چل پڑتا۔ وہ کہتے یہ وقت تو گھر لوٹنے کا ہے تم گھر سے جا رہے ہوں میں ضروری کام کا بہانہ کرتا انہیں کیا بتاتا کہ میرا گھر تو کہیں اور ہے۔

مجھے یاد آتا ہے کہ ایک بار شام کے وقت جب میں روانہ ہو رہا تھا وہ کتنے اداس اور پریشان تھے۔ لیکن منہ سے کچھ نہیں کہہ رہے تھے۔ سب لوگ مجھے بے وقت سفر کرنے سے روک رہے تھے مگر وہ خاموش تھے۔ رخصت کرتے وقت اُن سے نہ رہا گیا اور بولے تمہاری ماں جی زندہ ہوتیں تو کیا تم تب بھی ایسا ہی کرتے۔ لیکن میرا دل نہ پسیجا اور اپنی مجبوری بتا کر چلا آیا۔ وہ رات اور ایسی کئی راتیں ابا نے کیسے کاٹیں ہوں گی، مجھے اس کا اندازہ اب ہوا ہے۔

مجھے یاد آتا ہے میرے لڑکپن میں ابا کو داستانِ حضرت یوسف بہت پسند تھی۔ میرے شہر چلے جانے کے بعد وہ راتوں کو بلند آواز میں یہ قصہ پڑھتے رہتے۔ ماں جی بتاتی تھیں کہ وہ زیادہ تر وہی حصے پڑھتے تھے۔ جن میں بیٹے کی جدائی میں حضرت یعقوب کی حالتِ زار کا بیان ہوتا۔ یا پھر جب حضرت یوسف کا قاصد بشیر ان کا کرتہ اور یہ خوش خبری لے کر پہنچا تھا کہ آپ کا محبوب فرزند نہ صرف زندہ اور سلامت ہے بلکہ مصر شہر کا والی ہے۔ حضرت یعقوب نے بیٹے کا کرتہ اپنی نابینا آنکھوں سے لگایا تو وہ روشن ہو گئیں۔ ماں بتایا کرتی تھیں کہ یہاں پہنچ کر تمہارے ابا کی آواز بھرا جاتی اور وہ کوئی بہانہ کر کے پڑھنا چھوڑ دیتے۔ آخیر عمر میں جب وہ پڑھ نہیں سکتے تھے تب بھی لیئے

ہوئے بلند آواز میں فراقیہ دوہڑے پڑھتے رہتے تھے۔ اگلے روز اس نے پھر فون کیا اور بتایا کہ اسے سیٹ نہیں مل رہی اب وہ نیویارک جاکر قسمت آزمائی کرے گا اور اطلاع دے گا کہ وہ کس فلائیٹ سے کب آرہا ہے۔ اگر اطلاع نہ دے سکا تب کراچی یا لاہور پہنچ کر فون کر دے گا ورنہ ہم لوگ فکر نہ کریں اُسے گھر کا راستہ معلوم ہے خود ہی پہنچ جائے گا۔

دو تین روز میں وہ ہمارے درمیان ہوگا اور ہم اسے دیکھ اور چھو سکیں گے۔ اس خوشگوار خیال سے دل میں عجیب مسرت آمیز ہلچل سی پیدا ہوگئی۔ آنکھوں کے سامنے بار بار اس کی صورت ابھرنے لگی۔

اُس کی امی کا اصرار تھا کہ وہ عید سے کم از کم ایک روز پہلے ضرور پہنچ جائے اس نے یقین دلایا تھا امی آپ فکر نہ کریں میں عید کی صبح کا آغاز آپ کے ہاتھوں بنائی دودھ سویوں ہی سے کروں گا۔ اس کے بعد ہمارا اُس سے ٹیلی فون کا رابطہ ختم ہوگیا اور ہم اس کی اگلی کال کا انتظار کرنے لگے۔ گھر کا کوئی فرد جب بھی ٹیلی فون انگیج کرتا وہ بھری ہوئی شیرنی کی طرح غرانے لگتی۔ مگر پورا ایک دن خراب فوٹو اسٹیٹ مشین سے صاف کاغذ کی طرح نکل گیا اور انتظار کی لمبی رات شروع ہوگئی۔ آج اسے پروگرام اور وعدے کے مطابق پہنچ جانا چاہئے تھا مگر ابھی تک اس کے روانہ ہونے کی اطلاع آئی یا نہیں ہمیں اور بھی اداس اور پریشان کر دیتے۔

اُس نے ابھی سے اس کی پسند کی ڈشیں بنانا اور انہیں فریج میں محفوظ کرنا شروع کر دیا تھا۔ ہمیں کو یہ بھی سہولت حاصل ہے کہ محبت اور ممتا کے اظہار کا متعدد بار موقع بھی مل جاتا ہے اور مصروفیت میں وقت اچھے طریقے سے گزر جاتا ہے۔ عورتوں کو ایک بڑی سہولت بھی حاصل ہے کہ وہ ہر موقع پر رو کر اپنے جذبات کا اظہار کر سکتی اور اپنے دل کا غبار نکال سکتی ہیں۔ یوں تو بعض مرد بھی ایسا کرنے میں باک محسوس نہیں کرتے مگر میرے جیسے دیہاتی پس منظر کے مردوں کو ایسا کرنے میں اپنی مردانگی خطرے میں نظر آجاتی ہے۔ مجھے یاد ہے جب میں پڑھائی کی خاطر پہلی بار گھر سے نکلا اور شہر جا رہا تھا تو گھر کی چھوٹی بڑی سب عورتوں نے مجھے آنسوؤں سے لبریز آنکھوں سے رخصت کیا تھا مگر ابا

نے صرف خاموشی سے سر پر ہاتھ پھیرنے پر اکتفا کیا تھا۔ لیکن وہ جو بار بار رومال سے ناک صاف کرتے ہوئے نزلے کی شکایت کر رہے تھے وہ کیا تھا؟

وہ پریشر کوکر کا ڈھکنا کھولتی بند کرتی، ہنڈیا میں کفگیر چلاتی اور سل بٹے پر قیمہ پیستی ہوئی جب جی چاہتا اُسے یاد کر کے چند آنسو بہاتی اور نارمل ہو جاتی۔ مگر میرے اندر کا پریشر کوکر ہلکی آنچ پر چڑھا رہتا ہے اتنی ہلکی آنچ کہ ویٹ میں لرزش پیدا نہ ہو اور سیٹی کی آواز سنائی نہ دے۔ یوں میں نے بھی عید کی خریداری کرتے وقت اس کی پسند کا خیال رکھا اور کھانے پینے کی بہت سی چیزیں محض اسی کے لیے خرید کرتے وقت اس کی پسند کا خیال رکھا اور کھانے پینے کی بہت سی چیزیں محض اسی کے لیے خریدی تھیں مگر بھرم کی خاطر اس کا اعلان نہیں کیا تھا۔ ویسے بھی کھانے پینے کا شعبہ خواتین سے مختص ہے۔ میں بتا دیتا تب بھی کریڈٹ اُسے ہی جاتا۔ ماں جی بھی ایسا ہی کرتی تھیں۔ جس روز میری آمد متوقع ہوتی وہ میری پسند کی چیزیں پکا پکا کر رکھتی جاتیں، گاؤں کی دکان سے برفی اور جلیبیاں منگاتیں اور موسمی پھل اور کھانے پینے کی چیزیں بیچنے والے گھر کے قریب سے ہوکا دے کر خالی نہ گزر سکتے۔ ابا کہتے یہ پانچ روز مری رہتی ہے۔ ہفتہ کے دن مشین بن جاتی ہے۔ اس روز ماں جی اندر باہر جاتے ہنڈیا میں ڈوئی چلاتے اور بستروں کی چادریں اور تکیوں کے غلاف بدلتے ہوئے مولوی عبدالستار کا ستوارہ گنگناتی رہتیں:

چھن چھن اور اُداسی ہوئی کیوں نہیں آیا یار میاں
نین میرے بھر ہنجو رودن کر کے زاروزار میاں
غم سنیار چھکے جند میری جیوں بارے وچ تار میاں
آکھ ستار زُٹھوں کس کارن ایہہ دنیا دن چار میاں

اتنے کام کاج کے بعد بھی وقت بچ جاتا تو وہ اپنا چرخہ اٹھا کر چھت پر لے جاتیں اور شہر سے آنے والے راستے کی طرف رخ کر کے انتظار کی پُرشوق پونیا کاتنے لگتیں۔ میری بائسکل کے پہیئے اور ماں جی کا چرخہ ایک ساتھ گھومتے۔ واپسی کا سفر ہمیشہ آسان اور اچھا لگتا۔ ہوا مخالف ہوتی

تب بھی لگتا کچی ڈور سے بندھا کھنچا چلا جا رہا ہوں۔ ابا کو بھی اس روز باہر کے سارے کام بھول جاتے اور وہ مصروفیت اور گھر میں رہنے کا کوئی بہانہ تلاش کر لیتے۔ لکڑیاں چیرتے، ٹوٹی ہوئی چارپائیوں کی مرمت کرتے یا ان کی ادوائنیں کستے۔ مگر ظاہر نہ ہونے دیتے کہ وہ ہفتہ بھر کے ملتوی کیے ہوئے گھر کے کام کاج آج ہی کیوں انجام دے رہے ہیں۔ مگر میرے پاس مصروف رہنے اور وقت گزارنے کا بہت سا جدید ساز و سامان موجود ہے۔ کتابوں میں جی نہ لگے تو آڈیو ویڈیو کیسٹس اور سی ڈیز ہیں۔ اور جب چاہوں انچ ٹو انچ گھومنے والے ڈش انٹینا پر مختلف ممالک کے دل بہلانے والے پروگرام دیکھ سکتا ہوں۔ کمپیوٹر ٹائپ کی مشق کر سکتا، شطرنج کھیل سکتا اور انسائیکلوپیڈیا کی فائل کھول کر پہروں مصروف رہ سکتا ہوں۔

وہ کھانے پکاتی رہی اور میں ٹی وی دیکھتا اور میوزک سنتا رہا مگر اس کے باوجود لگا جیسے اوقیانوس ہم نے کشتی کے بغیر ہاتھ پاؤں مار مار کر عبور کیا ہے جاگنے کے باوجود آخری سحری میں کسی نے پیٹ بھر کر نہ کھایا۔ کئی بار ٹیلی فون کی گھنٹی بجنے کا گمان ہوا، مگر وہ چپ تھا۔

آج جمعرات کا روز تھا۔ آج اس کے آنے کی توقع یقین کی حدوں کو چھو رہی تھی۔ نظر نہ آنے والی ماں جی نے سویرے سویرے ہی میرے کانوں میں گنگنانا شروع کر دیا تھا۔

رات جمعے دی کرماں والی بھیجی رب ستار میاں
اج امید وطن دی ہوئی لاواں ہار سنگار میاں
دیوے بال دھراں نذرانہ چانن کراں بزار میاں
آکھ ستار نبی دا کلمہ ایہہ دنیا دن چار میاں

مگر آخری روزے کا وہ دن بھی انتظار کے دیکھنے سے پھوکے گنے کی طرح گزر گیا۔ ٹیلی فون کی طرح ہم بھی زیادہ تر چپ رہے۔ ہاں آتے جاتے ایک دوسرے کو سوالیہ نظروں سے دیکھ لیتے۔ ایک ہی سوال جس کا جواب کسی کے پاس نہ تھا۔

ماں جی اداس ہو جاتی تھیں لیکن ہر باپ کی طرح ابا زیادہ حقیقت پسند تھے اور سفر کو وسیلہ ظفر

سمجھتے تھے۔ وہ ماں جی کو کتابوں سے پڑھ کر ان شہزادوں اور سوداگر بچوں کی کہانیاں سناتے جو ہم جوئی اور سوداگری کے لیے دور دراز کے کوہ قافوں اور پرستانوں کے سفر کرتے۔ جنوں دیوؤں سے لڑتے بھڑتے اور ایک روز اونٹوں پر زر و جواہرات کا خزانہ اور دیس دیس کی سوغاتیں لادے کسی بدیع الجمال یا حسن آرا پری کے ساتھ کامران لوٹتے۔ مجھے خیال آنے لگا نئے دور کے اپنے کوہ قاف ہیں۔ علامہ اقبال کی توقع کہ ''گیا دور سرمایہ داری گیا۔ تماشا دکھا کر مداری گیا'' پوری نہ ہوئی۔ سائنس، ٹکنالوجی اور صنعت کی ترقی نے سرمایہ داری نظام کو اتنا طاقت ور اور پُرکشش بنادیا کہ سارے نظریے اس کے سامنے باطل ہو گئے اور اُس نے معیشت، سیاست اور دنیا کے ذہین دماغوں پر غلبہ حاصل کرلیا۔ ترقی پذیر ملکوں کے مہم جو نوجوان نئے کوہ قافوں کے خواب دیکھنے اور ان کے توفلوں، جی میٹوں اور ویزوں کے لیے ہاتھ پاؤں مارنے لگے۔

اب ہمیں اس کی روانگی کی نہیں، اپنے ہی کسی شہر کراچی، لاہور یا اسلام آباد پہنچ جانے کی اطلاع کا انتظار تھا۔ گاڑی میں پٹرول ڈلوا کر اور چمکا کر کھڑا کر دیا گیا تھا اور اشد ضرورت کے سوا اسے باہر جانے سے روک رکھا تھا تا کہ اشارہ پاتے ہی ایئر پورٹ روانہ ہوسکیں۔ مگر ٹیلی فون خاموش تھا اور جیسے جیسے سورج غروب ہوتا جارہا تھا اندیشوں اور وسوسوں کے سائے بڑھتے آرہے تھے۔ ہم دونوں ایک دوسرے کو پُرسکون دکھائی دینے کی اداکاری کررہے تھے۔ ساری حسیات سمٹ کر سماعت بن گئی تھیں۔ ٹیلی ویژن ڈرامے میں بھی فون کی گھنٹی بجتی تو ہم ایک ساتھ فون کی طرف لپکتے۔

پھر پاس پڑوس کی چھتوں ٹیرسوں پر چڑھے ہوئے لوگ آسمان کی اسی جانب عید کا چاند تلاش کرنے لگے جدھر سے ہمارے ماہ منیر نے طلوع ہونا تھا۔ مگر فون تھا کہ بج ہی نہیں رہا تھا اور بجتا بھی تو بیزار کن مکالمہ شروع ہو جاتا۔

''کوئی اطلاع آئی؟''

''نہیں''

''کیوں؟''

''کیا پتہ''

''شاید وقت چانس کی سیٹ مل گئی ہو اور فون کرنے کا موقع نہ ملا ہو۔''

''ہو سکتا ہے''

''ضرور رستے میں ہو گا''

''اللہ کرے''

بڑا مختلف ایئر لائنز کی فلائٹس کی تفصیل جمع کر لایا تھا مگر پی آئی اے نے رش کی وجہ سے اپنے بعض فلائٹس کو ڈائیورٹ کیا تھا اس لیے کچھ اندازہ نہیں ہو رہا تھا کہ وہ کب اور کس فلائٹ سے پہنچ سکتا ہے۔ افطاری کرتے ہوئے اس کے اندر کی کیفیت گویا ہوئی۔

''اللہ کرے آج چاند دکھائی نہ دے۔''

''ایک روزہ اور رکھنا پڑ جائے گا۔''

''کوئی بات نہیں...... کل تک وہ پہنچ ہی جائے گا۔''

''کل تک بھی کوئی اطلاع نہ آئی تو؟''

''ایسا نہ کہیے مجھے ہول آتا ہے''

مگر چاند نکل آیا اور لوگوں کی عید ہو گئی۔

اندر نصرت فتح علی خان مجبور دلوں پر پھاہا رکھنے والی آواز میں گا رہے تھے۔ ''لکھاں عیداں نالوں چنگا سانوں اک دیدار کسے دا'' وہ کچن میں میٹھی سویاں پکاتے ہوئے آنسوؤں کا نمک بہا رہی تھی اور میں کچھ بھی نہیں کر رہا تھا۔ ٹیلی فون کی گھنٹی بجی مگر لائن کٹ گئی۔ دو تین مرتبہ ایسا ہوا۔ اندازہ ہو رہا تھا کہ دور کا کال ہے وہ کوشش کر رہا ہے مگر رش کی وجہ سے ٹھیک طرح سے لائن نہیں مل رہی۔ اس سے یہ اندازہ تو ہو گیا کہ وہ خیریت سے ہے مگر یہ سوچ کر ہم مزید اُداس ہو گئے کہ وہ ابھی تک ہم سے دور ہے مگر کہاں؟ اس کا کچھ پتہ نہ چل سکا۔ کیونکہ اس کے بعد فون پہلے کی طرح

پھر خاموش ہو گیا اور رات بھر خاموش رہا۔

اس کے لیے پھر وہی باورچی خانہ اور میرے لیے ریموٹ کنٹرول۔ مگر آج میں دھڑکتے دل کے ساتھ سی این این اور بی بی سی سے صرف خبروں کے بلیٹن سن رہا تھا اور دل ہی دل میں دنیا بھر کی بسوں گاڑیوں اور ہوائی جہازوں کی سلامتی کی دعائیں مانگ رہا تھا۔ اور اگر چہ اس کا مختلف پکوان تیار کرنے کا جذبہ کسی حد تک سرد پڑ گیا تھا مگر ان عورتوں کو ایسے تہواروں پر اور بہت سے کام ہوتے ہیں وہ ڈھائی تین بجے اور بیڈ روم میں آئی۔ کچھ دیر اُسے یاد کیا، آنسو بہائے اور پُر سکون ہو کر سو گئی۔

عید کی صبح میں آنکھوں میں جگراتا لیے اٹھا تو وہ نیچے جا چکی تھی اور کمرے میں اداسی پھیلی ہوئی تھی۔ مجھے یاد آیا کہ وہ عید گاہ جانے کے لیے سب سے پہلے تیار ہوتا اور مجھے آوازیں دینے لگتا تھا۔ جانتا تھا میں ہر بار دیر کر دیتا ہوں اور عموماً آخری صف میں جگہ ملتی ہے۔ مگر آج میں سب سے پہلے تیار ہو گیا کیونکہ دیر تو دیر سے جاگنے کی وجہ سے ہوتی تھی۔

عید گاہ کے رستے میں کھوکھے والے نے بلند آواز میں ٹیپ ریکارڈ لگایا ہوا تھا اور عابدہ پروین گا رہی تھی۔ "ماواں نوں پیر ابجڑے کھو ہنا ایں۔ نہمناں دینا ایں دیر" مجھے نئے دور کے عالمی پیروں کا خیال آیا اور میرے اُلجھے ہوئے دماغ نے فوراً گیت کی پیروڈی کر ڈالی "ماواں تو کھوہنا دیریا بجڑے کھوہنا ایں۔ بھیناں تو کھوہنا ایں ویر"

عید کی نماز پڑھتے ہوئے میں نے تھوڑی دیر کے لیے فرض کر لیا وہ بڑے اور چھوٹے کے ساتھ میرے پہلو میں کھڑا ہے۔ پھر سلام پھیرا گیا۔ داہنے والوں پر سلامتی اور رحمت۔ باہنے والوں پر سلامتی اور رحمت۔ میری دعا سروں سے لمبی ہو گئی۔ دائیں بائیں آگے پیچھے اور نیچے ہر مقیم اور مسافر پر سلامتی اور رحمت۔ بھور لیہ منگنا رب کولوں اک خیر منگاں تیرے دم دی۔

ہم اس توقع پر گھر لوٹے کہ شاید کوئی اطلاع آئی ہو مگر گھر کے صدر دروازے پر وہی ایک اداس چپ فقیر بن کر بیٹھی ہوئی تھی اللہ کے نام پر ایک اچھی خبر۔

وہ دن بھر مہمانوں کی خاطر تواضع میں لگی رہی اور اس کے لئے کھانے پینے کی چیزیں سینت سینت کر رکھتی رہی۔ یہ اسے پسند ہے۔ یہ اُس کا حصہ ہے۔ یہ کھا کر وہ بہت خوش ہوگا اور میں پتہ نہیں کہاں تھا؟ تھا بھی کہ نہیں۔ اور پھر وہی ہجر اور انتظار کی لمبی رات چڑھ آئی۔ میں طبیعت کی ناسازی کا بہانہ کر کے اپنے کمرے میں آیا اور اس کی یادوں کی چادر اوڑھ کر لیٹ گیا۔ چند برس پہلے جب میرے پیٹ کا ایک نہایت پیچیدہ آپریشن ہوا اور مجھے کئی ہفتے ہسپتال میں رہنا پڑا تھا تو وہ ہر روز ٹیلی فون کرتا اور ڈاکٹروں، نرسوں اور میرے تیمارداروں کو تفصیل پوچھ پوچھ کر پریشان کرتا۔ اور ہر بار اصرار کرتا کہ میری اس سے بات کرائی جائے۔ زخم تازہ اور خراب تھے۔ پٹیوں اور ٹانکوں میں جکڑا ہوا میں ریسپشن کے ٹیلی فون تک نہ جا سکتا تھا اور ٹیلی فون کمرے میں نہ آ سکتا تھا۔ مگر وہ ہر روز اصرار کرتا۔ عزیز و اقارب اُسے یقین دلانے کی کوشش کرتے کہ میں بہتر ہو رہا ہوں مگر اس کا ایک ہی اصرار تھا کہ وہ مجھ سے بات کرنا چاہتا ہے۔ جیسے اسے شک ہو کہ ہوں بھی یا نہیں۔ میرا خیال ہے اس کے ایک کولیگ رضوان کے ساتھ جو حادثہ پیش آیا تھا اس کا اس نے بھی گہرا اثر لیا تھا۔ رضوان کے والد کئی ہفتے کوما میں رہنے کے بعد جا چکے تھے مگر اسے مسلسل یہی بتایا جاتا رہا ہے کہ ڈاکٹروں نے اُنہیں اٹھنے اور بولنے سے منع کیا ہوا ہے۔ تب وہ ایک روز خود چلا آیا۔ گھر پہنچ کر اسے پتہ چلا کہ اُن کے چالیسویں کی تیاری ہو رہی ہے۔

میں خود بھی اس کی آواز سننا اور اُسے یقین دلانا چاہتا تھا کہ میں ہوں۔ آخر ایک روز میں نے اس سے بات کرنے کا فیصلہ کر لیا اور رات کو جب بتائے ہوئے وقت پر اس کا ٹیلی فون آیا تو مجھے سہارا دے کر ریسپشن پر لایا گیا۔ پچاس ساٹھ قدموں کا فاصلہ اتنا طویل اور تکلیف دہ تھا کہ لگتا تھا کہ سارے ٹانکے کھل جائیں گے۔ اور زخموں سے خون بہنے لگے گا۔ مگر اس سے بات کرنے کی تاہنگ مجھے کھینچے لیے چلی۔ جب میں پالنے سے نکلنے والے ناتواں بچے کی طرح پاؤں پاؤں چلتا ریسپشن کی طرف جا رہا تھا۔ مجھے لگ رہا تھا کہ دنیا کے ہسپتال سائز نقشے کے اندر چل رہا ہوں۔ ہزاروں میلوں کا ایک قدم اسلام آباد، کراچی، فرینکفرٹ، نیو یارک، اور بس ایک قدم اور شکاگو۔

ابو یہ آپ ہیں؟

آپ کی آواز کیوں بدلی ہوئی ہے۔

کیا بہت تکلیف میں ہیں؟

آپ بہت جلد ٹھیک ہو جائیں گے۔

ابو میں فوراً آ جاؤں؟

کئی دنوں کی رکی ہوئی سسکیاں سوالوں کی صورت اختیار کر گئی تھیں۔ مجھے یاد ہے کہ اس رات مجھے سخت درد تھا جس میں بداحتیاطی کی وجہ سے اور اضافہ ہو گیا تھا۔ بس اس کی آواز کے ٹرینکولائزر سے چند منٹ سکون سے گزرے تھے مگر میں نے اس نقاہت، تکلیف اور جذباتی ہیجان میں بھی خود پر قابو رکھا تھا اور اپنی مردانگی پر حرف نہ آنے دیا تھا۔

پتہ نہیں مجھے اُس کی اور ابا کی یاد ایک ساتھ کیوں آ رہی تھی۔ شاید اس لیے کہ ان کی بھی اس سے بڑی دوستی رہی۔ اپنے پوتوں اور نواسوں میں وہ سب سے زیادہ پیار اسی سے کرتے۔ کئی بار چھٹیوں میں اُسے اپنے ساتھ گاؤں لے جاتے۔ خوب خاطریں کرتے۔ انہوں نے چارہ لانے کے لیے ایک گدھی رکھی ہوئی تھی جس کے ساتھ اس کے بچھڑی بھی تھی۔ انہوں نے اسے گدھی پر سوار کیا تو کہنے لگا۔

"دادا جی......اس کا ہینڈل کہاں ہے؟"

وہ بہت محظوظ ہوئے اور اس کی رسی تھماتے ہوئے بولے۔ "یہی اس کا ہینڈل ہے۔" کچھ عرصہ بعد وہ شہر آئے تو اس نے ان سے گدھی کی خیریت معلوم کی۔ انہوں نے بتایا کہ وہ اور اس کی بچی دونوں بیمار ہو کر مر گئی ہیں۔ اس کا اسے بہت افسوس ہوا اور اس نے محلے کے ہر گھر میں اس کا اظہار کیا کہ دادا جی کی ساری کھوتیاں مر گئی ہیں۔ پڑوسیں اس کی امی کے پاس افسوس کرنے آتیں اور یہ پوچھنا ضروری سمجھتیں کہ کیا تم لوگ پیچھے سے کمہار ہو۔ اس پر ہم سب نے اسے خوب ڈانٹا

پھر جب وہ کالج میں پڑھتا تھا تو گاؤں گیا اور کچھ دنوں بعد اداس ہو گیا۔ ایک روز اپنے

دادا جی سے کہنے لگا۔

''میں واپس گھر جانا چاہتا ہوں''

''یہ بھی تو تمہارا اپنا گھر ہے۔''

''میں یہاں بور ہو رہا ہوں''

''وہ کیا ہوتا ہے؟''

ابا بتاتے تھے کہ تب تک انہیں معلوم نہ تھا کہ بور ہونا کیا ہوتا ہے اور نہ ہی وہ کبھی بور ہوئے تھے۔ مگر اس کے بعد وہ بھی بور ہونے لگے۔ اور جب زیادہ بور ہو جاتے تو کرایہ لے کر ہمیں ملنے شہر آ جاتے۔

اس کے امریکہ چلے جانے کے کچھ عرصہ بعد ایک روز میرے ہاتھ پندرہ بیس برس پرانی ڈائری لگ گئی۔ پہلے صفحے پر ایک ضروری نوٹ درج تھا۔

مجھے یاد آیا۔ میں نے اسے سبحان تیری قدرت پکارنے والے کالے تیتر کی ایک من گھڑت کہانی سنائی تھی۔ جو اسے قدر پسند آئی کہ اس نے رات کے دس بجے ضد شروع کر دی مجھے ابھی کالا تیتر لا کر دوں۔ میں نے اسے ٹالنے کے لیے کہہ دیا کہ سردیوں میں کالے تیتر گرم علاقوں کو چلے جاتے ہیں۔ گرمیوں میں واپس آئیں گے تو لا دوں گا۔ مگر اس کا اندیشہ دور نہیں ہو رہا تھا۔ تب میں نے اسے یقین دلانے کیلئے ڈائری نکالی اور اس پر لکھا۔

ضروری نوٹ

گرمیوں میں عامر کو کالا تیتر لا کر دینا ہے۔

اس نے کہا یہ بھی لکھیں کہ بھولنا ہرگز نہیں ہے۔ میں بھی لکھ دیا...... ''بھولنا ہرگز نہیں ہے۔'' تب کہیں جا کر اس کی تسلی ہوئی اور وہ مطمئن ہو کر سو گیا کہ اب گرمیاں آتے ہی ابو کو کالا تیتر لا کر دینا پڑے گا۔ کیونکہ یہ ان کی ڈائری میں لکھا جا چکا ہے۔ وہ ٹھیک ہی سمجھا تھا کہ لکھ ہوا مٹایا نہیں جا سکتا۔ مگر گرمیاں آنے تک مجھے ہی نہیں اُسے بھی بھول گیا۔ لیکن لکھا ہوا اب تک موجود ہے۔ تحریر بڑی

ظالم چیز ہے۔آدمی بھول جائے یا مٹ جائے تب بھی باقی رہتی ہے۔اور یہ وقت کتنا سنگ دل اور تیز رفتار ہے۔ابھی کل کی بات لگتی ہے کہ وہ میری انگلی پکڑ کر چلتا تھا اور اب مجھے مشورے اور ہدایتیں لکھ لکھ کر بھیجتا ہے۔چھوٹی چھوٹی فرمائشیں کرنے اور حقیر حقیر سی چیزوں سے بہل جانے والا اب خود میرے لیے قیمتی تحائف لاتا ہے۔میں بھی ابا کے لیے ہر بار نئے کپڑے،سویٹر اور گرم چادر وغیرہ لے جاتا تھا اور سمجھتا تھا اُن کے سب دکھ دور ہو گئے۔لیکن کیا چیزیں اور تحائف جدائی کے زخموں کو مندمل کر سکتے ہیں۔

رات کا آخری پہر شروع ہو گیا تھا مگر ٹیلی فون اب تک خاموش تھا۔میں چاہتا تھا کچھ دیر ضرور سولوں ورنہ بیمار پڑ جاؤں گا۔مگر نیند بالکل نہیں آ رہی تھی۔پتہ نہیں اس وقت کس ملک کے کس شہر میں ہو گا یا کن پانیوں پر اس کا جہاز پرواز کر رہا ہوں گا کمرہ اس کی یادوں سے پٹا پڑا تھا۔

جب وہ بہت چھوٹا تھا میں منہ کی سیٹی میں اس کا نِک نیم پکارتا تھا۔وہ اس سیٹی کو پہچانتا تھا۔گھر میں جہاں کہیں بھی ہوتا میری سیٹی سن کر پالتو جانور کی طرح دوڑتا ہوا فوراً پہنچ جاتا۔اسے اس طرح پکارنے کی میری عادت اس کے ساتھ ہی بڑی ہوتی گئی اور جب وہ میڈیکل میں داخلہ کے بعد بہاولپور چلا گیا تو میں اپنی اداسی کا اظہار اسی سیٹی سے کرتا لیکن جب مجھے احساس ہوا کہ اس کی امی اور آپی پہچاننے لگی ہیں کہ یہ عام سیٹی نہیں میں اُسے یاد کر رہا ہوں تو میں نے سیٹی بجانا چھوڑ دیا۔ ان عورتوں کو پتہ نہیں چلنا چاہئے کہ میں اندر سے اتنا کمزور ہوں۔

مجھے یاد آ رہا تھا کہ جس روز اس کا ویزا لگا تھا اور وہ جتنا خوش تھا ہم اتنے ہی اداس تھے۔اس کی امی بہت روئی تھیں۔میں نے بھی اس کی آنکھوں سے رو لیا تھا تا کہ اپنی آنکھیں خشک رکھ کر اسے ہمت اور حوصلے سے رخصت کر سکوں۔مجھے یقین ہے کہ میری آنکھیں بھی تر ہو جاتیں تو وہ حوصلہ ہار جاتا اور اپنا جانا موقوف کر دیتا۔رخصت ہوتے وقت وہ بہت پُر جوش تھا۔اس کی آنکھوں میں نئی منزلوں کی چمک اور خواب تھے اور وہ اکیلی ہم دونوں کے حصوں کا رونا رو رہی تھی۔

چند ماہ پہلے میں نے فیصلہ کیا تھا کہ اس بار اس کا ٹیلی فون آئے گا تو اسے واپس آ جانے پر قائل

کرنے کی کوشش کروں گا مگر جس روز اس کا ٹیلی فون آیا۔ اس روز ایٹمی دھماکے کی خوشی میں ڈالر کا ریٹ دگنا ہو گیا اور میں چپ ہو گیا...... ملال توں وی ریا بجھ ے......!

وہ سو رہی تھی۔ اندیشوں، واہموں اور یادوں سے بے نیاز۔ میں نے اُٹھ کر نیند کی گولی کھائی اور دوبارہ بستر پر لیٹ کر کروٹیں بدلنے اور یادوں کی جگالی کرنے لگا۔ مجھے یاد آ رہا تھا جب وہ بہت چھوٹا تھا۔ ہمارے درمیان میں سوتا تھا اور اسے میری یا اپنی امی کے گال پر ہاتھ رکھ کر سونے کی عادت تھی۔ ہاتھ ہٹا دیا جاتا تو جاگ پڑتا یا پھر نیند ہی میں دوبارہ ہاتھ وہیں رکھ لیتا۔ شاید اسے اُس لمس سے سوتے میں تحفظ کا احساس رہتا تھا۔ رفتہ رفتہ ہمیں بھی اس کے ہاتھ کی عادت ہو گئی۔ لیکن اب سال دو سال بعد وہ چند دنوں کے لئے آتا ہے تو ہم اُسے پہلے کی طرح بار بار لپٹا نہیں سکتے، پیار نہیں کر سکتے اور اُس کے ہاتھ کو اپنے گال پر رکھ کر سو نہیں سکتے۔ وہ پاس بیٹھا باتیں کرتا رہے اسی کو بہت جانتے ہیں۔ مگر وہ کہاں کھو گیا؟ اُس نے فون کیوں نہیں کیا؟ کیا اس کی عید بھاگ دوڑ یا سفر میں گزری؟ عید کے موقع پر اپنے گھر نہ پہنچ سکنے کا اسے کس قدر ملال ہوگا۔ ان ہی خیالات میں کھویا ہوا میں نہ جانے کب سو گیا۔ سو گیا یا شاید جاگتے میں سپنا دیکھا۔ کیا دیکھتا ہوں کہ وہ میرے پہلو میں لیٹا ہوا ہے اور اس کا ننھا سا ہاتھ میرے گال پر ہے۔ میں اس کے ہاتھ پر اپنا ہاتھ رکھ دیتا ہوں۔ پھر اس کے ننھے سے نرم نرم ہاتھ کو پکڑ کر چومنا چاہتا ہوں مگر وہ بڑا سخت ہوتا جاتا ہے۔ میں چونکتا ہوں اس کی امی کمرے میں نہیں تھی۔ نیچے کی منزل سے باتوں کا شور سنائی دے رہا تھا اور وہ میرے سرہانے بیٹھا تھا۔ میں نے اسے لپٹا لیا اور احتیاط کے سارے بندھن توڑ کر میری آنکھوں سے آنسو بہنے لگے۔

☆☆☆

سلام بن رزاق

کام دھینو

وہ مارچ کی ایک صاف وشفاف صبح تھی اور سورج پہاڑی کے پیچھے سے یوں طلوع ہو رہا تھا جیسے کوئی نٹ کھٹ بالک کسی نئی شرارت کی فکر میں دیوار کی اوٹ سے جھانک رہا ہو۔ صبح کی ہوا کے لطیف اور خوشگوار جھونکے جوار کی فصل کو ہولے ہولے چھیڑتے گزر رہے تھے۔ جیسے ماں اپنے بچے کو بالوں میں پیار سے انگلیاں پھیر رہی ہو۔ فضا میں جوار کی مہک بسی ہوئی تھی اور درختوں پر چڑیاں چہچہا رہی تھیں۔ بھرت پور کی اکلوتی بڑی سڑک اور گلیاں تقریباً سنسان تھیں۔ البتہ گھروں کے آنگنوں سے بیلوں کے ڈکرانے اور بکریوں کے ممیانے کی آوازیں آ رہی تھیں۔ کسی گھر سے ایک آدھ بچے کی چیخ کر رونے کی آواز بھی آ جاتی۔ ایک بنیا اپنی دکان کا ایک پٹ کھولے دکان کی چوکھٹ پر بیٹھا داتون کر رہا تھا۔ دو گوالے سروں پر دودھ کی کین رکھے لپ لپ جھپ جھپ گزر رہے تھے۔ سامنے سے ایک گوالا سائیکل پر سوار چلا آ رہا تھا۔ اس کی سائیکل کے ہینڈل سے دودھ کی خالی کین لٹکی ہوئی تھیں جو سائیکل کے ڈگاڈوں سے ٹکرا ٹکرا کر کھڑ پڑ کھڑ پڑ کر رہی تھیں۔

تبھی بھرت پور میں ایک جیپ گاڑی داخل ہوئی۔ جیپ گاڑی کی باڈی پر چاروں طرف سے بڑے بڑے بینرس لگے ہوئے تھے جن پر جلی حرفوں میں مختلف نعرے لکھے تھے۔ اور ہر بینر پر سورج کا نشان بنا ہوا تھا۔ جیپ گاڑی کے دائیں بائیں پارٹی کے جھنڈے فر فرا رہے تھے۔ پیچھے دو بڑے سے بھونپو بھی نٹ تھے۔ جیپ گاڑی میں چار پانچ نوجوان بیٹھے تھے۔ جیپ گاڑی دھواں اُڑاتی سڑک پر آ گئی۔ اور اُسی وقت بھونپو سے آواز آئی۔

''بھرت پور کے باسیو! جاگو غفلت سے جاگو...... ابھی نہیں جاگے تو کبھی نہیں جاگو گے۔ دیکھو

رات بیت گئی۔ اندھیرا چھٹ گیا۔ ناانصافی، نابرابری، بھوک اور بے کاری کا اندھیرا ___ نیا سورج طلوع ہو رہا ہے۔ یاد رکھو سورج صرف اونچی عمارتوں اور محل دو محلوں کو روشن نہیں کرتا۔ وہ جھونپڑوں، جھگیوں میں بھی اپنا نور بکھیرتا ہے۔ یہ سورج تمہاری خوش حالی اور مسرتوں کا ضامن ہے۔ یاد رکھو سورج کا نشان ___ جاگ اُٹھا ہندوستان ___ جاگو تم بھی جاگو اور اپنے محبوب لیڈر الحاج مرزا اعراب علی کو ووٹ دو ___"

"مرزا اعراب علی ___ زندہ باد ___"

بھونپو کی آواز سے سب سے پہلے تو بوڑھے اپنی اونگھ سے جاگے۔ پھر جوان آنکھیں ملتے ہوئے اُٹھے۔ بلکہ بعض کو ان کی بیویوں، ماؤں اور بہنوں نے جھنجھوڑ جھنجھوڑ کر جگایا۔ سب اپنے اپنے بستروں سے اُٹھ بیٹھے، دروازے وا ہونے لگے۔ لوگ دروازے کھول کھول کر ورانڈوں چبوتروں، گیلریوں اور سیڑھیوں پر آ کھڑے ہو گئے۔ کھڑکیوں کے پٹ کھلنے اور عورتیں گردنیں نکال نکال کر جھانکنے لگیں۔ بچے ماؤں کے کاندھوں کے اوپر سے اور باپوں کی ٹانگوں کے بیچ سے نکل نکل کر اپنی کیچ بھری آنکھوں کو ملتے، بہتی ناکوں کو اُلٹی ہتھیلیوں سے پونچھتے کچھ تجسس، کچھ استعجاب کا چھچا بنائے، اور نوجوان پیشانیوں پر بل ڈالے اُس طرف نہارنے لگے جدھر سے بھونپو کی آواز آ رہی تھی۔ جیپ گاڑی بھرت پور کی بڑی سڑک پر دھول اُڑاتی آگے ہی آگے بڑھتی جا رہی تھی۔ جیپ کی رفتار بہت دھیمی تھی۔ جیپ کے بھونپو سے اعلان نشر ہو رہا تھا۔

"صاحبو! آیئے، گرام پنچایت کے میدان میں بابائے قوم الحاج مرزا اعراب علی بہ نفسِ نفیس آپ سے خطاب کرنے تشریف لا رہے ہیں۔"

ایک بوڑھے نے اپنی کیچ بھری آنکھیں مچکاتے دوسرے بوڑھے سے پوچھا۔

"یہ مرزا اعراب علی کون صاحب ہیں؟"

چچ "کوئی نیتا لگت ہیں" دوسرے کا جواب۔

"نیتا؟ ہمارے جمانے میں تو گاندھی بپا، جواہر لال، مولانا آجاد جیسے لوگ نیتا ہوتے تھے۔

یہ کیسے نیتا ہیں؟''

''یہ نئے جمانے کے نیتا ہیں چاچا!'' ایک نوجوان ــــ

''کتاب کرنے آ رہے ہیں۔ کیا مطلب؟''

''کتاب نہیں ــــ خطاب۔''

بھرت پور کے اکلوتے کالج، کیرتی مہاودیالے کے لیکچرر بولے جو کالج میں اردو پڑھاتے تھے۔

''ہاں ــــ ہاں، وہی کھتاب کرنے آ رہے ہیں۔ مطلب کیا کرنے آ رہے ہیں؟''

''بھاشن دینے آ رہے ہیں۔''

''اچھا ــــ بھاشن دینے۔ ہم سمجھے۔ کھتاب مانے کوئی پاٹھ واٹھ کرنے آ رہے ہیں۔''

''پاٹھ تو پنڈت لوگ کرتے ہیں کاکا۔ نیتا لوگ بھاشن دیتے ہیں۔''

''ہاں ــــ ہاں مالوم ہے ــــ'' کاکا کو نوجوان لیکچرار کی علمیت ناگوار لگی۔

گرام پنچایت کے اکلوتے میدان میں ایک بڑا سا چوکور سرکاری چبوترا بنا ہوا تھا جس پر ایک چھت بھی پڑی ہوئی تھی۔ اکثر رام لیلا کے ناٹک اور نوٹنکیاں وغیرہ اُسی چبوترے پر کھیلے جاتے۔ ہولی کے موقع پر میدان میں بڑا سا گڈھا کھود کر اُس میں آگ روشن کی جاتی اور ''ہولیکا'' کو جلایا جاتا۔ گنپتی کے موقع پر یہاں ایک بہت بڑا گنپتی بٹھایا جاتا۔ محرم میں اسی چبوترے سے تعزیئے بھی اُٹھتے اور انہیں یہیں لا کر ٹھنڈا کیا جاتا۔ عید میلاد کا جلوس بھی اسی میدان سے نکلتا تھا۔ اور اگر کوئی چھوٹا موٹا منتری یا نیتا اس گاؤں سے گزرتا تو اُس کے اعزاز میں اسی میدان میں جلسہ منعقد ہوتا اور وہ منتری یا نیتا اسی چبوترے سے گاؤں والوں کو خطاب کرتا۔ بھرت پور ایک چھوٹا سا گاؤں تھا جس میں ہندو مسلم کی ملی جلی آبادی تھی۔ مگر ان میں پیشے کے اعتبار سے اکثریت گوالوں کی تھی جن میں ہندو بھی تھے اور مسلمان بھی۔ دس پندرہ کرسچنوں کے بھی گھر تھے اور اُن کا ایک مختصر سا چرچ بھی تھا جہاں وہ اپنی اتوار کی عبادت کیا کرتے تھے۔

بھرتپور کی دوسری خصوصیت یہ تھی کہ یہاں آج تک کوئی فساد نہیں ہوا تھا۔ مُلک میں آئے دن ہونے والے فسادات کی خبریں یہاں بھی پہنچتیں۔ ٹی وی اور ریڈیو سے خبریں نشر ہوتیں مگر بھرت پور کے لوگوں پر ان فسادات کی خبروں کا کوئی خاص ردِّعمل نہ ہوتا۔ بیچارے اپنے مویشیوں میں اور کھیتی باڑی میں ایسے منہمک رہتے کہ اُنھیں ان خرافات کی طرف دھیان دینے کی فرصت ہی نہیں ملتی۔

ایسا نہیں تھا کہ بھرت پور میں جھگڑے فساد نہیں ہوتے تھے۔ یہ جھگڑے زیادہ تر روزمرہ کی معمولی باتوں پر ہوتے اور بڑے بزرگوں کے بیچ بچاؤ یا پنچوں کے کہنے پر فوراً ختم بھی ہوجاتے۔ ان میں مذہبی فسادات کی بربریت اور شدّت پسندی نہ ہوتی۔ دوایک دفعہ مذہبی معاملوں پر بھی گرماگرمی ہوگئی تھی مگر گاؤں والوں نے خود ہی مل ملا کر اُسے طے کرلیا تھا۔

سورج آسمان پر اب کئی گز اوپر آچکا تھا۔ لوگ ایک ایک دو دو کرکے گرام پنچایت کے میدان میں جمع ہونے لگے۔ میدان کے چبوترے کو رنگ برنگی جھنڈیوں اور پتاکوں سے سجادیا گیا تھا۔ چبوترے پر چار پانچ کُرسیاں اور ایک میز بھی رکھ دی گئی تھی میز پر غلاف بچھا تھا اور اُس پر ایک گلدان رکھا تھا۔ لوگ میدان میں آآ کر چبوترے کے سامنے بیٹھے جارہے تھے۔ جن میں بوڑھے اور جوان بھی شامل تھے۔ کچھ نوعمر لڑکے میدان میں اِدھر اُدھر بھاگ دوڑ رہے تھے۔ ایک طرف بوڑھوں کے درمیان چلم بھی چل رہی تھی۔ نوجوان ایک دورے کو کہنیوں سے ٹہوکے دیتے کسی مذاق پر رہ رہ کر قہقہے لگا رہے تھے۔ تبھی میدان میں ایک طرف وہی صُبح والی جیپ آکر کھڑی ہوگئی جو بھونپو پر بار بار تُراب علی کی آمد کا اعلان کررہی تھی۔ جیپ کے پیچھے تین چار کاریں بھی تھیں۔ کاروں کے دروازے کھلے اور چند کرتے پاجامے پہنے موٹے تازے لوگ باہر نکلے جو لباس کے اعتبار سے تو سفید پوش تھے مگر جانے کیوں اُن کے کرخت چہرے اُن کے لباس سے ہم آہنگ نہیں تھے___

سب خراماں خراماں چبوترے کی طرف بڑھے۔ سب آگے آگے مرزا تُراب علی چل رہے تھے

جو کالی شیروانی اور سفید چوڑی دار پاجامہ زیب تن کیے ہوئے تھے اور جن کے سر پر فر کی بھوری ٹوپی تھی۔ چبوترے پر کھڑے نوجوانوں نے آگے بڑھ کر اُن کا استقبال کیا اور اُنھیں چبوترے پر بچھی کرسیوں پر بٹھایا۔ محراب علی کی کرسی سب سے اُونچی تھی۔ ایک نوجوان نے مختصر طور پر مہمانوں کا تعارف کرایا۔ جلسے کی غرض وغایت بتائی۔ دو ایک چھوٹی موٹی تقریریں ہوئیں پھر محراب علی کے نام کا اعلان ہوا۔

محراب علی اپنی شیروانی کا دامن سنبھالتے مائک پر آئے۔ میدان میں خاموشی چھا گئی اِدھر اُدھر اُچھلتے کودتے بچوں کو چند لوگوں نے ڈپٹ کر چپ کرایا۔ محراب علی نے گلا صاف کر کے کہنا شروع کیا۔ ''بھرت پور کے باسیو! ہمارا نام محراب علی ہے۔ ہم اس گاؤں کے نہیں ہیں۔ اور نہ ہی اس سے پہلے کبھی ہم اس گاؤں میں آئے۔ ممکن ہے آپ نے پہلے ہمارا نام بھی نہ سنا ہو۔ مگر یقین جانئے ہم نے خواب میں بارہا اس گاؤں کو دیکھا ہے آپ کے چہرے دیکھتے ہوئے ہمیں محسوس ہو رہا ہے ہم ایک ایک چہرے سے آشنا ہیں۔ ہم نے جب بھرت پور آنے کا قصد کیا تو ہمیں بتایا گیا کہ بھرت پور کے باسیوں نے یہ طے کیا ہے کہ وہ صرف اُسی امیدوار کو ووٹ دیں گے جو گوالا برادری سے تعلق رکھتا ہو گا۔ بڑا اچھا فیصلہ ہے۔ اس معاملے میں ہم بھی آپ کے حامی ہیں۔ مگر ہم آپ کو بتا دینا چاہتے ہیں کہ اس حلقے سے چودہ امیدوار کھڑے ہیں اور اُن میں ایک بھی گوالا یعنی آپ کی برادری سے تعلق نہیں رکھتا۔ میں بھی گوالا نہیں ہوں مگر میں جو بات کہنے جا رہا ہوں اسے ذرا غور سے سنئے۔ میں ایک سچا ہندوستانی ہوں ساتھ ایک پکا مسلمان بھی ہوں۔ ایک طرف مجھے اس بات پر ناز ہے کہ میرے اجداد نے اس سرزمین سے اتنا پیار کیا ہے کہ اسے فردوس بریں بنا دیا۔ تو دوسری طرف مجھے فخر ہے کہ میں اس رسول کا کلمہ پڑھتا ہوں جس نے دائی حلیمہ کی آغوش میں پرورش پائی تھی۔ دائی حلیمہ کون تھیں؟ ایک گوالن ہی تو تھیں۔ میرا رسولؐ۔ میرا کالی کملی والا گوالا نہیں تھا مگر اس نے دائی حلیمہ کی بکریاں چرائی ہیں۔ اپنے مقدس ہاتھوں سے بکریوں کا دودھ دوہا ہے، ان کی مینگنیاں صاف کی ہیں۔ اُنھیں دُلارا اور پچکارا ہے۔ بے شک وہ گوالا نہیں تھا مگر

اس نے گوالے کے سارے کام انجام دیئے ہیں اب آپ ہی بتایئے جب میرے نبیؐ دو جہاں کے سردار نے دودھ دوہا ہے اور بکریوں کے گلّے کی نگہبانی کی ہے تو پھر اُن کی امت کا ایک گنہ گار خادم بھلا اس کام سے اپنے آپ کو علاحدہ کیوں کر سمجھ سکتا ہے؟"

چبوترے کے آس پاس کھڑے چند نوجوانوں نے مرزا تُراب علی زندہ باد، کا نعرہ لگایا۔ تُراب علی نے ایک لمحہ توقف کیا پھر آگے اُسی جوش سے بولے۔

"آج اس بھرت پور میں ___ گوالوں کی اس چھوٹی مگر قدیم بستی میں ___ میں اپنے آقائے نامدار سرکارِ دو عالم حضرت محمدؐ کی خاکِ پا کے صدقے میں اپنے آپ کو "گوالا" برادری میں شامل کرنے کا شرف حاصل کرتا ہوں میں آپ کے سامنے اپنے ہاتھوں سے دودھ دوہ کر یہ ثابت کردوں کہ میں گوالا نہیں ہوں مگر گوالوں سے الگ بھی نہیں ہوں۔"

ایک بار پھر تالیوں کی گڑگڑاہٹ سے میدان گونج اٹھا۔ تُراب علی کہہ رہے تھے۔

"مجھے معلوم ہوا ہے کہ اس متبرک کام کے لیے بیسیوں حضرات اپنی اپنی گائیں، بھینسیں پیش کرنا چاہتے ہیں۔ مگر اس مرحلے میں بھی میرا نبیؐ میری رہنمائی کرے گا۔ یاد کیجئے خدا کے رسولؐ جب مکہ سے ہجرت کر کے مدینے پہنچے تھے تب مدینے کا ہر شخص اُنہیں اپنا مہمان بنانا چاہتا تھا مگر آپ نے اعلان کیا تھا کہ ___

"ہماری اونٹنی جس مکان کے سامنے ٹھہرے گی ہم اُس کے گھر مہمان ہوں گے۔"

اور آپؐ کی اونٹنی شہر کے آخر میں ایک غریب انصاری کے گھر کے سامنے رُکی تھی اور آپؐ اُسی صحابی کے مہمان ہوئے تھے ___ ہم بھی حضور کے نقشِ قدم پر چلیں گے اور گاؤں کے آخر میں جس گوالے کا گھر پڑے گا اُسی کے آنگن میں دودھ دوہ کر خود کو آپ کی برادری کا ایک رُکن بنالیں گے۔"

ایک بار پھر مرزا تُراب علی زندہ باد کا نعرہ لگا۔

تُراب علی کا چہرہ خوشی سے دمک رہا تھا۔

جلسہ ختم ہوا۔ تُراب علی چبوترے سے نیچے اُترے۔ پارٹی کے رضا کاروں نے اُنھیں گھیر لیا۔ ان کے گلے میں اُن کی ناک تک پھولوں کی مالائیں پڑی ہوئیں تھیں۔ تُراب علی دونوں ہاتھ جوڑ کر سب کو نمسکار کرتے اور سب کے نمسکار قبولتے ایک طرف چلنے لگے۔ لوگ باگ بھی ایک جلوس کی شکل اُن کے پیچھے پیچھے چل رہے تھے۔ ہر دس بارہ قدم پر پارٹی کے رضا کار "تُراب علی زندہ باد" کے نعرے لگا رہے تھے۔ جلوس گاؤں کی اکلوتی بڑی سڑک سے گزر رہا تھا۔ سڑک کے دونوں طرف لوگ اپنے اپنے گھروں کے سامنے کھڑے متجسس نگاہوں سے جلوس کو دیکھ رہے تھے۔ عورتیں کھڑکیوں اور نیم وا دروازوں کے پیچھے حیرت اور دلچسپی سے جلوس کا نظارہ کر رہی تھیں۔ تُراب علی آگے آگے دونوں ہاتھ جوڑے سراپا، نمسکار، بنے چل رہے تھے۔ بس کو یہی فکر تھی کہ دیکھیں تُراب علی کس کے گھر چل کر دودھ دوہتے ہیں۔

آخر جلوس گاؤں کے باہر آ گیا۔ گاؤں کے باہر ہریجنوں کی بستی تھی۔ اب جلوس ہریجن واڑے سے گزر رہا تھا۔ تھوڑی دور چل کر ہریجن واڑہ بھی ختم ہو گیا اور تُراب علی ایک بے حد شکستہ اور معمولی مکان کے سامنے جا کھڑے ہو گئے۔ یہ مادھو گوالے کا مکان تھا جس کی دیواریں کچی مٹی کی تھیں اور جس کی چھت ناریل اور تاڑ کے پتوں سے چھائی ہوئی تھی۔ باہر اپنے مکان کے کچے چبوترے پر بیٹھا مادھو بیڑی پی رہا تھا۔ اُس کی بیوی دیوار پر گوبر کے اُپلے تھاپ رہی تھی۔ اور پاس ہی دروازے کے سامنے کھونٹے سے ایک چتکبری گائے بندھی ہوئی تھی۔ اُس کی سیاہ پیشانی پر دو سینگوں کے بیچ میں سفید ہلال کا سا نشان بنا ہوا تھا۔ تُراب علی نے مادھو کو پرنام کیا۔ مادھو بوکھلا کر کھڑا ہو گیا۔ اس کی بیوی نے بھی گھبرا کر اُس ہجوم کو دیکھا اور اپنے گوبر سے سنے ہاتھوں ہی سے آنچل درست کرتی ہوئی گھر میں چلی گئی۔ تُراب علی مادھو کے قریب آئے۔ اس کے کاندھے پر ہاتھ رکھا اور پلٹ کر گائے کو عقیدت اور پیار بھری نظروں سے دیکھتے ہوئے بولا۔

"ساتھیو! ہم اسی گیّاں کا دودھ دوہیں گے۔ ہم سمجھتے ہیں یہی گاؤں کا آخری مکان ہے۔"

اِدھر اُدھر سے آوازیں آنے لگیں۔

''ہاں یہی ہے ـــــ یہی ہے۔''

مادھو اُن سب کو حیرت اور خوف سے دیکھ رہا تھا اس کی سمجھ میں کچھ نہیں آ رہا تھا۔ اتنے میں ایک رضا کار نے آگے بڑھ کر مادھو کو حقیقتِ حال سے آگاہ کیا اور بتایا کہ اگر تُراب علی نے اُس کی گائے کا دودھ دوہ دیا تو اس کی یعنی مادھو کی قسمت ہی سنور جائے گی۔

مادھو مٹی کا مادھو بنا منہ کھولے آنکھیں پھاڑ یا یک ایک کا منہ تک رہا تھا۔ پوری، بات تو اس کی سمجھ میں نہیں آئی مگر وہ اتنا سمجھ گیا کہ اُس کی گائے کا دودھ دوہنے کی بات ہو رہی ہے۔

وہ منع کرنا چاہتا تھا کیونکہ ابھی صُبح ہی اس نے گائے کا دودھ دوہا تھا۔ اس نے منع کرنے کے لئے 'نہیں' میں گردن ہلانی چاہی مگر اپنی عادت کے مطابق جلدی جلدی 'ہاں' میں گردن ہلا دی۔ جو گردن پُشتہا پُشت سے 'ہاں' میں ہلنے کی عادی ہو وہ یکلخت 'نا' میں کیوں کر ہل سکتی تھی۔

رضا کاروں نے ایک دم سے ہو ہلا کیا کہیں سے چم چم کرتی پیتل کی ایک کلسی آ گئی۔ کوئی ایک بالٹی میں پانی لے آیا۔ تُراب علی نے اپنی شیروانی کی دونوں آستینیں چڑھائیں اور مادھو کی گائے کے پیروں کے پاس بیٹھ گئے۔ ہجوں نے اُنھیں اور گائے کو چاروں طرف سے گھیر لیا۔ رضا کاروں نے ایک دوسرے کے ہاتھ تھام کر ایک حلقہ سا بنایا اور ہجوم کو آگے بڑھنے سے روکنے لگے۔ لوگ ایک دوسرے کے کاندھوں پر سے اُچھل اُچھل کر تُراب علی کو دودھ دوہتا دیکھ رہے تھے۔ بعض لڑکے آس پاس کے درختوں پر چڑھ کر نظارہ کرنے لگے۔ تُراب علی نے لتے میں پانی لیا اور اپنے ہاتھ دھوئے، پھر گائے کے تھنوں پر پانی ٹپکایا۔ گائے ذرا کسمسائی۔ مگر تُراب علی نے پُچکار کر اُسے شانت کیا۔ پیتل کی کلسی اُس کی ٹانگوں کے نیچے رکھا اور کسی مشاق گوالے کی طرح دونوں ہاتھوں سے اُس کے تھن سہلانے لگے۔ لوگ سانسیں روکے کھڑے تھے۔ سہلاتے سہلاتے تُراب علی نے دفعتاً دونوں مٹھیاں کس کر جو زور سے کھینچا تو 'چرز' کی آواز کے ساتھ سانپ کی زبان کی طرح پتلی مگر پگھلی ہوئی چاندی جیسی سفید دودھ کی دھار پیتل کی کلسی میں گری۔ کئی لوگوں کی زبان سے بے ساختہ 'واہ' نکلی۔ مجمع میں جیسے حیرت اور خوشی کی لہر دوڑ گئی۔

گراب علی ''چر چر ـــــ دودھ دوہ رہے تھے اور چاروں طرف نعرہ ہائے تحسین کی آوازیں بلند ہو رہی تھیں ۔ مادھو یہ سب دیکھ رہا تھا وہ کہنا چاہتا تھا۔ ''بس کرو بھائی، میری گیّاں ابھی بیائی ہے بچھڑے کے لیے بھی تو کچھ دودھ رہنے دو۔'' مگر وہ کچھ نہ کہہ سکا۔ چپ چاپ کھڑا حیران آنکھوں سے گراب علی کو دودھ دوہتا دیکھتا رہا۔ جب کلسی تقریباً ایک تہائی بھر گئی تب گراب علی اپنے ہاتھ دھوتے ہوئے اٹھ کھڑے ہوے۔ ایک رضا کار نے آگے بڑھ کر تولیہ پیش کیا۔ گراب علی تولیہ سے ہاتھ خشک کرتے مادھو کی طرف مڑے۔

''بھائی مادھو! ہم تمہارے بہت شکر گوار ہیں کہ تم نے ہمیں اپنی گیّاں کا دودھ دوہنے کا موقع فراہم کیا۔ تمہاری اس کشادہ دلی کا ذکر ہم ودھان سبھا میں کریں گے اور تمہیں زندگی بھر یاد رکھیں گے۔''

پھر وہ مجمع کی جانب مڑ کر گویا ہوئے۔

''بھائیو! اب تو آپ لوگوں کو یقین ہو گیا نا کہ گراب علی آپ کا اپنا بندہ ہے۔''

بیشتر لوگ تو چپ رہے مگر پارٹی کے رضا کار ''جی ہاں، جی ہاں، کہتے ہوئے گردنیں ہلانے لگے۔ رضا کاروں نے مجمع کو ہٹا کر گراب علی کے لیے راستہ بنایا۔ اور گراب علی تیز تیز چلتے ہوئے اپنی کار میں جا کر بیٹھ گئے۔ پارٹی کے دوسرے لوگ بھی اپنی اپنی گاڑیوں میں سوار ہو گئے۔ اور کاروں کا یہ قافلہ گراب علی زندہ باد، کے نعروں میں دھول اڑاتا ایک طرف کو روانہ ہو گیا۔ گاؤں کے بچے شور مچاتے تھوڑی دور تک کاروں کے پیچھے بھاگے مگر کاریں جلد ہی دور نکل گئیں۔ سب لوگ اپنے اپنے گھروں کو لوٹنے لگے۔ مادھو اپنی گائے کے پاس کھڑا اُس غبار کی جانب دیکھ رہا تھا جس کے پیچھے گراب علی اور اُن کی کاروں کا قافلہ روپوش ہو گیا تھا۔ گائے اپنی دُم سے مکھیاں اڑاتی، کنوتیاں ہلاتی دھیرے دھیرے جگالی کر رہی تھی۔ اس کی آنکھوں میں ایک عجیب سی لاتعلقی تھی اور اس کے پیروں کے پاس وہ پیتل کی کلسی لڑھکی پڑی تھی جس میں ابھی ابھی تراب علی نے دودھ دوہا تھا۔ کلسی کا دودھ فرش پر بہہ کر مٹی میں جذب ہو چکا تھا اور آس پاس مکھیاں بھنبھنا رہی تھیں۔ مادھو

دھیرے دھیرے چلتا ہوا گائے کے پاس آیا پیار سے اس کی پیٹھ پر ہاتھ رکھا۔ گائے نے ایک جھرجھری سی لی۔ مادھو دوبارہ اپنے چبوترے پر آ کر بیٹھ گیا۔ مادھو کی گھر والی جو ابھی تک دروازے کی اوٹ سے سارا تماشا دیکھ رہی تھی دروازہ کھول کر باہر آئی۔ اس کی گود میں اُن کا تین سال کا کالا کلوٹا مریل سا بچہ تھا۔ جس کے ہاتھ پاؤں سوکھ کر کانٹا ہو گئے تھے مگر پیٹ ڈھول پر مڑھے چمڑے کی مانند تنا ہوا تھا۔ بچہ متواتر ریں ریں کیے جا رہا تھا۔ بیوی نے مادھو سے پوچھا۔

''کون تھے یہ لوگ؟''

''مالوم نہیں ـــــ'' مادھو نے جیب سے بیڑی نکالی۔

''اُنہوں نے اپنی گیاں کا دودھ کیوں دوہا ـــــ؟''

''مالوم نہیں ـــــ'' مادھو نے بیڑی ہونٹوں میں دبالی۔

''تم نے پوچھا نہیں؟''

''پوچھا تھا ـــــ مگر انہوں نے جو کچھ بتایا میری سمجھ میں نہیں آیا ـــــ'' مادھو نے بیڑی سلگا کر ایک گہرا کس لیا۔

''ارے اُنہوں نے جبردستی اپنی گیاں کا دودھ نکالا اور تم بولتے ہو میرے کو مالوم نہیں۔ اور اُس پر جلم یہ کہ بنا کھائے پیئے پورا دودھ گرا دیا اور چلے گئے۔''

مادھو کچھ نہیں بولا۔ وہ دور خلاء میں دیکھتا بیڑی کے کش لے رہا تھا۔ اس کی بیوی تھوڑی دیر تک بک بک جھک جھک کرتی رہی جب دیکھا کہ مادھو ٹس سے مس نہیں ہو رہا ہے تو اپنے ریں ریں کرتے بچے کی پیٹھ پر ایک دھپ لگائی اور پیر پٹکتی ہوئی اندر چلی گئی۔

ابھی سورج نصف النہار پر نہیں آیا تھا۔ بھرت پور کے چھوٹے سے بازار کی ساری دکانیں کھل گئی تھیں۔ جن کی کل تعداد چار چھ سے زیادہ نہیں تھی۔ روزانہ صبح سڑک کے کنارے سبزی بیچنے والی عورتیں اپنی ٹوکریاں تقریباً خالی کر چکی تھیں بلکہ دو ایک نون تیل اور بچوں کے لیے چنا سینگ خرید کر اپنے گھروں کو سدھار بھی چکی تھیں۔ کاشی رام کے، سدانند ہندو ہوٹل، میں تھامسن ایلوا ایڈیسن

کے زمانے کا پرانا گراموفون بج رہا تھا۔ ''آہیں نہ بھری، شکوے نہ کیے، کچھ بھی نہ زباں سے کام لیا'' کاشی رام کرسی پر بیٹھا کاؤنٹر ٹیبل پر اپنی انگلیوں سے بے آواز تال دے رہا تھا۔ ہوٹل میں چار پانچ میلی کچیلی میزیں لگی تھیں جن پر ڈھیر ساری مکھیاں بھن بھنا رہی تھیں۔ صرف دائیں کونے کی ایک میز پر بنڈی دھوتی پہنے دو لوگ بیٹھے چائے پی رہے تھے۔ ہوٹل کا اکلوتا ویٹر چڈی بنیان پہنے، دائیں کاندے پر میلا سا تولیہ ڈالے ایک کونے میں پیر پر پیر رکھے کھڑا گانے کی دھن پر اپنا گھٹنا ہلا رہا تھا۔ ہوٹل کے سامنے جمنا داس پان والے کی پان پٹی کی دکان تھی۔ دُکان میں شمسو تانگے والا اپنے تانگے میں بیٹھے بیٹھے اونگھ گیا تھا۔ اور اس کے تانگے میں جُتی کنگال گھوڑی کنوتیاں پھٹ پھٹاتی، اپنی دُم سے بار بار مکھیاں اڑا رہی تھی۔ پاس ہی تین چار لونڈے ایک دوسرے کے کاندھے پر ہاتھ رکھے صُبح مُراب علی کے دودھ دوہنے کا واقعہ کو لے کر ہنسی ٹھٹھا کر رہے تھے۔

یکا یک کہیں سے شنکھ پھونکنے کی آواز آئی۔ شنکھ پھونکنے کے فوراً بعد ڈھم ڈھم ڈھول بجنے لگا۔ لونڈے چونک کر آواز کی سمت دیکھنے لگے۔ شمسو ہڑبڑا کر نیند سے جاگا۔ جمنا داس نے ٹرانزسٹر کا کان اینٹھا۔ کاشی رام نے بھی گراموفون بند کر دیا۔ اتنے میں سامنے سے بیل گاڑیوں کا ایک جلوس آتا دکھائی دیا۔ سب سے آگے جو بیل گاڑی تھی اُس پر ایک شخص کھڑا بھونپو سے منہ لگائے چیخ رہا تھا۔

''بھرت پور کے باسیو! کبھی کبھی ایک صحیح فیصلہ اتہاس کا رُخ موڑ دیتا ہے۔ اور اب سمے آ گیا ہے کہ آپ پنڈت اونکار ناتھ کو ووٹ دے کر ایک نئے اِتہاس کی شروعات کریں۔ پنڈت جی بھرت پور والوں کے لیے اجنبی نہیں ہیں۔ پنڈت جی کے پتا شری پنڈت ہزاری پرساد کے نام سے کون واقف نہیں ہے۔ یہ وہی ہزاری پرساد ہیں جنھوں نے آنند پور میں مہالکشمی کا بھویہ مندر بنایا ہے اور جس کی سالانہ جاترا میں آپ لوگ بھی شریک ہوتے ہیں۔ پتا شری تو دھرم کی سیوا کر رہے ہیں مگر پنڈت اونکار ناتھ، لوک سیوا، میں وشواس رکھتے ہیں۔ اگر آپ چاہتے ہیں کہ آپ کی آواز ودھان سبھا تک پہنچے تو پنڈت اونکار ناتھ ہی کو ووٹ دیجیے کیونکہ پنڈت اونکار ناتھ کی آواز

آپ کی آواز ہے۔ پنڈت جی کا نشان ہے ''رتھ'' رتھ جو ہمارے دھرم، ہماری سنسکرتی اور ہماری راشٹر کا پرتیک ہے۔'' پنڈت اونکارناتھ زندہ باد، اُس بیل گاڑی کے پیچھے تقریباً بیس پچیس بیل گاڑیاں چلی آرہی تھیں۔ ہر گاڑی میں دس دس بارہ بارہ نوجوان کھڑے چیخ چلا رہے تھے، ناچ رہے تھے۔ اودھم مچار ہے تھے۔ ایک بیل گاڑی پر ایک بہت بڑے رتھ کا ماڈل بنا ہوا تھا، اُس رتھ پر اونکارناتھ ایک عدد دلآ ویز مسکان چپکائے دونوں ہاتھ جوڑے کھڑے تھے۔ اور جھک جھک کر سڑک کے دونوں طرف کھڑے لوگوں کو پرنام کر رہے تھے۔

گاؤں کے بے کار نوجوان اور آوارہ گرد چھوکرے گاڑیوں کے آس پاس آکر کھڑے ہو گئے۔ ایک بار پھر گھروں کی کھڑکیوں ورانڈوں اور مکانوں کے چھجوں کے نیچے انسانی سروں کا جنگل اُگ آیا۔

ڈھم ڈھم ڈھول بج رہا تھا۔ شنکھ پھونکے جارہے تھے اور بار بار پنڈت اونکارناتھ کی جے جے کار ہو رہی تھی یکایک پنڈت جی نے اپنے دونوں ہاتھ بلند کیے۔ دفعتاً ڈھول اور شنکھ خاموش ہو گئے، نعرے رُک گئے۔ اور چاروں طرف سناٹا چھا گیا۔ ایک نوجوان نے لپک کر بھونپو پنڈت جی کے سامنے کر دیا اور پنڈت جی نے گلا صاف کر کے کہنا شروع کیا۔

''بھرت پور کے باسیو! ہمارا آپ کا سمبندھ بہت پرانا ہے۔ میرا پریچے تو ابھی ابھی دیا جا چکا ہے۔ میں اپنے بارے میں زیادہ باتیں کرنا یا سننا پسند نہیں کرتا۔ میں اپنا اصلی پریچے تو آپ لوگوں کو اُسی وقت دے سکوں گا جب آپ مجھے چن کر ودھان سبھا میں بھیجیں گے۔ میں جانتا ہوں بھرت پور والے بڑے کام کاجی لوگ ہیں وہ فالتو راج نیتی میں اپنا سے نشٹ نہیں کرتے مگر یہ بھی سچ ہے کہ راج نیتی کے بنا اس دیش کا کاروبار نہیں چل سکتا۔ ایک صاف ستھری حکومت بنانے کے لئے آپ جیسے بے غرض لوگوں کو آگے بڑھنا ہوگا۔ دو گھنٹے پہلے جو مہاشے یہاں بھاشن دینے آئے تھے اُن کا بھرت پور سے دور دور تک کوئی سمبندھ نہیں۔ میں کہتا ہوں صرف دودھ دوہنے سے کوئی جاتی برادری والا نہیں ہو جاتا۔ اُنہوں نے محمد پیغمبر کی مثال دی کہ وہ بکریاں چراتے تھے اور دودھ

دو ہتے تھے اس پر ہمیں کیا اعتراض ہو سکتا ہے۔ مگر میں پوچھتا ہوں اِن مثالوں کے لیے آخر سمندر پار جانے کی کیا ضرورت ہے۔ ہمارے پرُانوں میں سب سے بڑی مثال تو ماکھن چور نند لال ہری گوپال کی ہے۔ مجھے بتایئے شری کرشن سے بڑا گوالا اس دھرتی پر پیدا ہوا ہے۔ نہیں نا۔ تو پھر سُن لیجئے ہمارا یعنی پنڈت اونکار ناتھ کا رشتہ سیدھے کرشن گوپال ہی سے جڑتا ہے۔''

'پنڈت اونکار ناتھ کی جے'، کے نعرے سے پورا میدان گونج اٹھا۔ پنڈت جی لحہ بھر کوڑکے پھر بولے''ہم اسی وقت چل کر اپنے ہاتھوں سے آپ کو دودھ دوہ کر بتائیں گے۔ اور اسی گئو ماتا کا دودھ دوہیں گے جس کا اس سے پہلے دوہا گیا۔ ارے پرائے آ کر ہماری ماتا کا دودھ دوہ لیں اور ہم جو اُس کی سنتان ہیں اپنی ماتا کے کشیر امرت سے محروم رہ جائیں۔ ایسا نہیں ہو سکتا۔''

ایک بار پھر بیل گاڑیوں کا جلوس مادھو کے گھر کی طرف بڑھا۔ چھوکرے بالے گاڑیوں کے پیچھے ہو لیے کچھ اور لوگ بھی جو مفت کی تفریح کے دلدادہ تھے اپنے اپنے گھروں سے نکل کر مادھو کے گھر کی طرف چلے ڈھول بجاتا، شنکھ پھونکتا اور نعرے لگاتا ہوا جلوس مادھو کے گھر کے سامنے پہنچ کر رُک گیا۔ مادھو جلوس کو دیکھ کر ایک بار پھر سٹپٹا گیا۔ سٹپٹا کر کھڑا ہو گیا۔ پنڈت اونکار ناتھ دھوتی کا چھور سنبھالتے اپنی رتھ گاڑی سے اُترے۔ مادھو کے پاس آئے۔ مادھو منہ کھولے، آنکھیں پھاڑے اُنہیں دیکھ رہا تھا۔ پنڈت جی سفید براق لباس میں آسمانی دوت معلوم ہو رہے تھے۔ اُن کی چوڑی روشن پیشانی پر سُرخ تلک اُن کی شخصیت کو مزید جاذب نظر بنا رہا تھا۔ پنڈت جی مادھو کے سامنے آ کر کھڑے ہو گئے۔ پھر دونوں ہاتھ جوڑ کر بولے۔

''مادھو! ہم تم سے پرارتھنا کرتے ہیں کہ ہمیں اپنی گیاں کا دودھ دوہنے کی اجازت دو۔ ہم اپنے ہاتھوں سے دودھ دوہ کر یہ ثابت کر دینا چاہتے ہیں کہ اصلی گوالے ہم ہیں!''

اور اس سے پہلے کہ مادھو ہاں یا نا کہتا پھر کوئی ایک پیتل کا بھانڈ لے آیا۔ پنڈت اونکار ناتھ نے کہا۔''ہم دودھ دوہنے سے پہلے گئو ماتا کی شدھی کریں گے۔ پرائے ہاتھوں کے لس سے ماتا اپوتر ہو گئی ہے۔'' نٹرنت کئی دوڑ کر مندر کے پجاری سے پنچ پاتر میں گنگا جل لے آیا۔ پنڈت اونکار

ناتھ نے اپنے گلے سے سونے کی زنجیر نکالی اور اُسے گنگا جل میں ڈبویا۔ پھر خود زیر لب کوئی منتر پڑھتے ہوئے گائے پر گنگا جل کے چھینٹے دینے لگے۔ تھوڑا سا گلال گائے کی پونچھ پر لگایا۔ اور دودھ دوہنے بیٹھ گئے صبح سے دو دفعہ دودھ دوہا جا چکا تھا۔ تھنوں میں ہاتھ لگاتے ہی گائے نے پچھلا پاؤں جھٹکا اور بھانڈا لڑھک کر دور جا پڑا۔ پنڈت اونکار ناتھ منتر بُد بداتے ہوئے اٹھے اور گائے کے پُٹھے پر ہاتھ رکھ کر اُسے چمکارا۔ دونوں ہاتھ جوڑے کر گائے کو پرنام کیا۔ ایک رضا کار نے بھانڈا لا کر پھر گائے کے تھنوں کے پاس رکھ دیا اور پنڈت جی دوبارہ دودھ دوہنے بیٹھ گئے۔ گائے کو پُچکارتے پُچکارتے تھنوں کو تھام لیا۔ گائے نے کوئی تعرض نہیں کیا۔ تھوڑی دیر تک اُس کے تھنوں کو سہلا کر انھوں نے جو کھینچا تو سفید دودھ کی دھار سیدھی بھانڈے میں گری "ہر ہر مہادیو" کے نعرے سے بھرت پور گونج اٹھا۔ تقریباً پاؤ بھانڈا دودھ دوہنے کے بعد پنڈت جی اُٹھ کھڑے ہوئے۔ پنڈت جی نے محسوس کر لیا کہ گائے کے تھنوں میں اب دودھ کا ایک قطرہ بھی باقی نہیں ہے۔ اُدھر گائے بھی دوبارہ پاؤں جھٹکنے لگی تھی۔

کچھ لوگوں نے بڑھ کر پنڈت جی کے گلے میں پھول مالائیں ڈالیں۔ پنڈت جی نے وہ ساری پھول مالائیں گائے کے گلے میں ڈال دیں۔ ایک بار پھر پنڈت جی کی جے جے کار ہوئی۔ پنڈت جی نے اِدھر اُدھر دیکھتے ہوئے پوچھا۔

"مادھو کہاں ہے؟"

"وہ اُدھر کھڑا ہے۔" کسی نے اشارہ کیا۔

مادھو اپنے شکستہ مکان کے دروازے پر حیران و پریشان کھڑا یہ سارا منظر دیکھ رہا تھا۔ اس کے ہونٹ ایک دوسرے پر اس قدر سختی سے جمے ہوئے تھے کہ لگتا تھا اب وہ قیامت تک ایک دوسرے سے جدا نہیں ہوں گے۔ پنڈت جی بڑی اپنائیت سے آگے بڑھے اور مادھو کے کاندھے پر ہاتھ رکھ کر بولے۔

"دھنیہ ہو مادھو! ___ تم اور تمہاری گائے آج پورے راشٹر کی آتما کا پرتیک بن گئے ہیں۔"

مادھو کچھ نہ بولا ___ وہ بولتا بھی کیا۔ پوری صورت حال اُس کے لیے ناقابل برداشت ہوتی

جارہی تھی۔ پنڈت اونکارناتھ اپنی رتھ گاڑی میں آ کر بیٹھ گئے۔ بیل گاڑیوں کا قافلہ نعروں سے گونج میں دھول اڑاتا، شنکھ پھونکتا، ڈھول بجاتا ایک طرف کوروانہ ہوگیا۔ بیل گاڑیوں کے ساتھ آئے ہوئے گاؤں والے اور چھوکرے بالے بھی واپس اپنے اپنے گھروں کولوٹ گئے۔

اب سورج مغرب کی طرف جھکنے لگا تھا اور سایے لمبے ہوتے جارہے تھے۔ لوگ دوپہر کا بھوجن کرکے چارپائیوں ورانڈوں اور آنگنوں میں پیڑوں کے نیچے بیٹھے بیڑی اور چلم پیتے اور تمباکو چونا کھاتے ہوئے آج کے جلسوں جلوسوں اور نیتاؤں کے دودھ دوہنے کی باتوں کو لے کر اپنی اپنی سوجھ بوجھ کے مطابق خیال آرائیاں کررہے تھے۔ کچھ لوگ مرزا محراب علی کی بھلمنساہت اور سادگی کی تعریف کررہے ہیں تھے اور کچھ پنڈت اونکارناتھ کے علمی گھرانے اور ان کی قومی اسپرٹ کے گن گارہے تھے۔ اُدھر مادھو اپنے گھر کے دروازے کے سامنے فکرمند بیٹھا تھا۔ آج اس نے دوپہر کی روٹی بھی ٹھیک سے نہیں کھائی تھی۔ بیوی نے جوار کی دو موٹی روٹیوں کے ساتھ بینگن کا ساگ پروسا تھا۔ آدھی پیاز کی ڈلی بھی رکھی تھی مگر وہ بڑی مشکل سے صرف ایک روٹی اور تھوڑا سا ساگ حلق سے اتار سکا۔ پھر غٹ غٹ آدھا لوٹا پانی پی کر دھوتی سے منہ پونچھتا دہلیز میں آ کر بیٹھ گیا تھا۔ سامنے بندھی گائے کو غور سے دیکھا گائے اپنے آگے پڑی خشک گھاس کی پتیوں کو دھیرے دھیرے چبارہی تھی۔ اُس کی انکھوں میں کوئی بھاؤ نہیں تھا۔ مادھو نے اُسے تشویش سے دیکھا۔ بیڑی کے دوتین کش لیے گھٹنوں میں سرڈال کر بیٹھ گیا۔ بیوی نے روٹی کھائی، بچے کو روٹی کھلائی، برتن سمیٹ کر ایک طرف رکھے اور ایک کونے میں بوریا ڈال کر بچے کو پہلو میں لیے لیٹ گئی۔ اُس نے مادھو سے اُس کی چنتا کا سبب بھی نہیں پوچھا۔ پوچھنا بھی فضول تھا۔ مادھو ایک ہی جواب دیتا۔ ''مالوم نئیں ـــــ''

مادھو دروازے میں بیٹھے بیٹھے اپنے گھٹنے پر ٹھوڑی رکھے اونگھ گیا۔

اتنے میں چاروں طرف سے تیز ہوا کے جھکڑ چلنے لگے۔ جیسے زبردست آندھی آرہی ہو۔ مادھو کا شکستہ مکان خشک ٹہنی کی طرح کانپنے لگا۔ تھوڑی ہی دیر میں اُس نے دیکھا کہ بےشمار مویشی جن میں

گائیں، بیل، بھینسیں، اور سانڈ بھی شامل تھے دندناتے چلے آرہے ہیں۔ تب اُسے پتا چلا کہ دراصل وہ آندھی نہیں تھی بلکہ اُن جانوروں کے دوڑنے کی دھمک سے زمین کانپ رہی ہے۔ مگر یہ کیا؟

اُن جانوروں میں سب سے آگے اُس کی اپنی گائے تھی اُس کی آنکھیں اُلٹی ہوئی تھیں، نتھنے پھڑ پھڑا رہے تھے اور منہ سے جھاگ نکل رہا تھا۔ وہ سر کو جھکائے دونوں سینگیں آگے کیے سیدھے اُسی کی طرف دوڑتی چلی آرہی تھی۔ گویا صرف ایک ہی ٹکر میں اُسے دھرتی کے دوسرے سرے پر اُچھال دے گی۔ وہ گھبرا کر کھڑا ہو گیا۔ اس نے دونوں ہاتھ پھیلا کر اُسے روکنے کا اشارہ کیا مگر گائے کی رفتار میں رتی برابر فرق نہیں آیا۔ گائے قریب آتی جارہی تھی۔ قریب اور قریب۔ مارے خوف کے اُس کے حلق سے گھٹی گھٹی سی چیخ نکل گئی۔ اچانک اسے ٹھسکا لگا اور اس نے کھانستے ہوئے آنکھیں کھول دیں۔ سامنے گائے اُسی طرح کھونٹی سے بندھی دُم سے مکھیاں اڑاتی آہستہ آہستہ منہ چلا رہی تھی۔ مادھو نے اپنی پیشانی سے پسینہ پونچھا اور ہونٹوں پر دو اُنگلیاں رکھ کر اُنگلیوں کی جھری میں سے منہ میں بھر آئے لُعاب کو 'پچ' سے تھوکا۔

اچانک اُسے ایک بار پھر لوگوں کے نعروں کی آوازیں سنائی دیں۔ اُس نے کسی متوحش جانور کی طرح اِدھر اُدھر نگاہ ڈالی۔ نعروں کی آواز قریب آتی جارہی تھی۔ تبھی اُس نے دیکھا کہ گاؤں کی اُسی اکلوتی سڑک پر ایک اور جلوس چلا آرہا ہے۔ آگے آگے کوئی شخص دھوتی کرتا پہنے گلے میں پھولوں کی مالائیں ڈالے چل رہا تھا اور اس کے پیچھے کُچھ لوگ مٹھیاں بھینچ بھینچ کر نعرے لگا رہے تھے۔ چند لمبے بالوں اور دُبلے جسموں والے نوجوان کسی چالو فلم کی دُھن پر ناچ بھی رہ تھے۔

ایک آدمی۔ دھوتی کرتا پہنے گلے میں پھولوں کی مالائیں ڈالے چل رہا تھا اور اس کے پیچھے لوگ مٹھیاں بھینچ بھینچ کر نعرے لگا رہے تھے۔ چند لمبے بالوں اور دبلے جسموں، والے نوجوان کسی چالو فلم کی دُھن پر ناچ بھی رہے تھے۔

مادھو ایک سے کھڑا ہو گیا۔ جلوس والے اُس کے سامنے آکر رُک گئے۔ دھوتی کرتے والے نے دونوں ہاتھ جوڑ کر مادھو کو پرنام کیا اور اپنے زردی مائل دانتوں کی نمائش کرتا خواہ مخواہ 'ہی ہی'

کرنے لگا۔ پھر بولا۔

''مادھو بھائے! میرا نام بابو راؤ ہے۔ گریب لوگوں کی سیوا کے واسطے الیکشن میں کھڑا ہوں۔ میں بھی پہلے تمہارے مافک گریب تھا۔ ابھی اپنے کو بھگوان نے دو پیسہ دیا ہے پن میں گریبی کو نہیں بھولا___ گریب ہی گریب کے کام آتا ہے۔ یہ پیسے والے ایک نمبر کے حرامی ہوتے ہیں۔ گریب کا کھون چوستے ہیں۔ سالے جونک ہوتے ہیں جونک___ میں نے سنا ہے میرے سے پہلے اِدھر دو نیتا لوگ آ کر گئے۔ تمہاری گائے کا دودھ بھی نکالا۔ دونوں پاکھنڈی تھے۔ کھالی دودھ نکالنے سے کوئی گوالا نہیں ہو جاتا۔ ارے میں تو بچپن سے گاؤ ماتا کی سیوا کرتا آیا ہوں، اس کا گوبر اُٹھانا، اسے نہلانا، اس کا دودھ نکالنا اپنی گھٹی میں پڑا ہے۔ یہی اپنا کام ہے۔ دودھ کیسے نکالا جاتا ہے میرے سے پوچھا۔ مادھو بھائے میرے کو اپنی گائے کا تھوڑا دودھ نکالنے دو......''

مادوھ نے فرنت بات کاٹتے ہوئے کہا۔

''نہیں، بھگوان کے لیے___ اب اور نہیں___ گائے کے تھن میں اب ایک بوند بھی دودھ نہیں ہے۔ میں اب اسے ہاتھ لگانے نہیں دوں گا۔

''مادھو بھائے! بات کو سمجھنے کی کوشش کرو۔ اگر میں نے تمہاری گائے کا دودھ نہیں نکالا تو بڑی بے اِجتی ہوگی کیونکہ وہ لوگوں نے تمہاری گائے کا دودھ نکالا ہے۔ میں تھوڑا سا نکالوں گا جادا نہیں___ مادھو بھائے! گریب کی اجت گریب کے ہاتھ میں ہوتی ہے۔''

مادھو نے بہت منع کیا مگر بابو رائے ہاتھ جوڑ کر ایک ہی بات دوہراتا رہا۔

''گریب کی اِجت گریب کے ہاتھ میں ہے۔'' بابو راؤ کے ساتھیوں نے بھی مادھو کو سمجھایا۔ دو چار اُسے گھیر کر کھڑے ہو گئے۔ ہر کوئی اُسے سمجھا رہا تھا۔ وہ بار بار منع کر رہا تھا۔ اُس کی سمجھ میں نہیں آ رہا تھا، اُنہیں کیسے سمجھائے۔ کیسے منع کرے کیونکہ وہ تو اس کی سن ہی نہیں رہے تھے صرف اپنی ہی کہے جا رہے تھے۔

پھر پتا نہیں کب اور کیسے ایک لوٹا منگوا لیا گیا۔ اور مادھو نے دیکھا کہ بابو راؤ اُس کی گائے کے

پیروں کے پاس بیٹھا اُسے پُچکار رہا ہے۔ مادھو کے نرغے میں گھرا ایک عجیب سی بے بسی کے ساتھ یہ سب دیکھ رہا تھا۔ گائے بے چینی سے پچھلے پاؤں جھٹک رہی تھی۔ بار بار دُم ہلا رہی تھی۔ دائیں بائیں سینگ چلا رہی تھی۔ مگر بابوراؤ بھی کافی ضدّی تھا۔ اُس نے کسی نہ کسی طرح اس کے تھنوں سے تھوڑا سا دودھ نچوڑ ہی لیا۔۔۔۔ بابورائے کے چھوکرے ایک بڑا سا دائرہ بنا کر ''گوبندا آلا رے آلا'' گانے لگے۔۔۔۔ مادھو آنکھیں پھاڑے یہ سب دیکھتا رہا۔ پھر جانے کب بابورائے نے اسے دھنیہ واد کہا۔ کب وہ لوگ وہاں سے رخصت ہوئے۔ مادھو کو کچھ بھی یاد نہیں۔ جب اُس کے حواس ذرا درست ہوئے تو اُس نے دیکھا کہ سب لوگ جا چکے ہیں اور پچھم کی طرف سورج چند گز اور جھک گیا ہے اور پہاڑی کے پیچھے جیسے کسی نے بہت بڑا الاؤ روشن کر دیا ہے۔ پھر اس نے اپنی گائے پر نگاہ ڈالی اور ایک دم سے چونک گیا۔ گائے اب زمین پر بیٹھ چکی تھی بلکہ لیٹ چکی تھی۔ اس کا جُگالی کرتا منہ بھی بند تھا اور اُس کی سفید سفید شیشہ آنکھوں کے ڈھیلے کافی پھیل گئے تھے۔ اُس نے اُس کے تھنوں کی طرف دیکھا۔ تھن سوجے ہوئے سے لگ رہے تھے اور رنگ بھی گہرا گلابی ہو گیا تھا۔ اُسے لگا اگر اب کے اُنھیں کسی نے ذرا سا بھی چھیڑا تو بجائے دودھ کے خون کے سُرخ سُرخ سطرے ٹپکنے لگیں گے۔ وہ گائے کے پاس جا کر بیٹھ گیا اور اُس کا ماتھ سہلانے لگا۔ پھر قریب پڑی خشک گھاس کے چند تنکے اُس کی طرف بڑھائے گائے گھاس کھانے کی بجائے اُس کا ہاتھ چاٹنے لگی۔ مادھو کا دل بھر آیا۔ اور وہ منہ سے چ۔۔۔۔ چ۔۔۔۔ کی آواز نکالتا ہوا اسے پچکارنے لگا۔۔۔۔ جانے وہ کتنی دیر تک گائے کے پاس بیٹھا اُسے پُچکارتا پُمکارتا رہا۔ شام کے سایے لمبے ہونے لگے تھے۔ آسمان پر بگلوں کی ایک ڈار اُڑتی ہوئی کسی طرف کو جا رہی تھی۔ پہاڑ اور جنگل سے ڈھور لوٹ رہے تھے۔ گڈریے چھوکروں کی ایہہ، ایہہ، ٹر، ٹر کی آوازیں آ رہی تھیں۔ مادھو گائے کے پاس سے اُٹھ کر دوبارہ اپنی دہلیز پر آ کر بیٹھ گیا۔ اُس کی خوف زدہ نظریں گاؤں کی سڑک پر جمی ہوئی تھیں۔۔۔۔ اگرچہ سڑک پر دور تک کوئی راہ گیر دکھائی نہیں دے رہا تھا مگر نہ جانے کیوں اُس کا دل بُری طرح دھڑک رہا تھا۔ ●●

انور عنایت اللہ

سہاگ

جب سے شہر میں دن دہاڑے ڈاکے پڑنے لگے تھے، ہم گھر کا دروازہ کھولنے اور بند کرنے کے معاملے میں بڑی احتیاط برتنے لگے تھے۔ انسان پچھتر سال کی عمر کے لپیٹ میں ہو تو ہر چیز میں احتیاط برتنی ہی پڑتی ہے چلنے پھرنے میں، کھانے پینے میں، سونے جاگنے میں، ہنسنے بولنے میں بھی، کیونکہ بڑھاپے میں، حفظِ مراتب کا خیال ذرا مشکل ہی سے آتا ہے۔

کل دوپہر کو کھانے کے بعد لیٹا ہی تھا کہ کسی نے دروازے کی گھنٹی بجائی۔

''اس وقت کون ہوسکتا ہے؟'' میری بیوی نے لیٹے ہی لیے کہا۔ پھر بڑبڑائی۔ ''تمہارے پرستار ہی ہوں گے۔ انہیں تم بھی دوپہریا میں یاد آتے ہو۔'' یہ کہتے ہوئے وہ بیزاری سے اٹھی اور آہستہ آہستہ دروازہ کی طرف بڑھی تو میں نے جلدی سے کہا۔

''اچھی طرح دیکھ بھال کر دروازہ کھولنا۔''

''ہاں ہاں۔۔۔ یاد ہے مجھے۔۔۔ پر ہمارے پاس ہے کیا جو ڈاکو آئیں گے۔۔۔ اور وہ بھی دن دہاڑے۔''

یہ کہتے ہوئے وہ دروازے پر رُک گئی شیشے کی آنکھ والے ننھے سے سوراخ سے باہر جھانک کر دیکھا اور مڑ کر بولی۔

''میرا خیال ٹھیک تھا۔۔۔ تمہاری ہی مہمان ہے۔۔۔ لڑکی ہے، خوش شکل اور جوان!'' لہجے کا طنز واضح تھا۔ یہ سن کر میں اُٹھ بیٹھا۔ اتنے میں آنے والے نے دوبارہ بے چینی سے گھنٹی بجائی۔ میں نے جلدی سے ڈریسنگ گاؤن پہنا۔ اتنے میں بیوی نے زور لگا کر پہلے دروازے چٹخنی کھولی جو امریکہ سے آئی تھی اور اس کا خود کار تالا۔

دروازہ کھلتے ہی، اس سے پہلے کہ وہ پوچھتی کہ بی بی آپ کون ہیں اور کس سے ملنے آئی ہیں، ایک جوان لڑکی اندر آ گئی۔ اس کے ساتھ ہی، اس کے پیچھے پیچھے دو ہٹے کٹے نوجوان، جو قمیص پتلون میں تھے اور سب نے سیاہ عینکیں لگا رکھی تھیں۔ اندر آتے ہی لڑکی نے پھرتی سے دروازہ بند کر دیا۔ اور نوجوانوں نے پستول تان لئے ایک نے آہستہ سے کہا۔

''شور مچانے کی کس میں ہمت تھی۔ معقول کام کرنے کی ہمت تو پاکستان آتے ہی عین جوانی میں چلی گئی تھی۔ بیوی تو سدا کی ڈرپوک تھی۔ اس پر خوف سے سکتہ طاری ہو گیا۔ وہ ڈاکو ہمیں ہانک کر ڈرائنگ روم میں لے گئے۔ بیٹھنے کا حکم دیا تو ہم دونوں فوراً بیٹھ گئے۔ ایک نوجوان کو برآمدے میں وہ رسیاں پڑی نظر آ گئیں جنہیں باندھ کر ہمارے قصاب نے پچھلے ہفتے بھینس کی قربانی کی تھی۔ وہ یہ رسیاں لے آیا۔ ہمیں ادب سے کرسیوں پر بٹھایا اور پھر لڑکی میری بیوی کے ہاتھ پاؤں باندھنے لگی۔ اس نے جوں ہی رسی کو اس کے گرد لپیٹا میں نے فوراً کہا۔

''خدا کے لئے کس کر نہ باندھنا ـــــ چند مہینے ہوئے اس کا بائی پاس ہوا تھا۔''

''فکر نہ کریں انکل!'' صاحبزادی بولیں ''ہم احتیاطاً برائے نام باندھ رہے ہیں۔''

جب میری باری آئی تو بیوی نے تڑپ کر درخواست کی ـــــ ''ذرا احتیاط سے بیٹی ان کے تو دو بائی پاس ہو چکے ہیں۔ ہائی بلڈ پریشر بھی ہے انہیں ـــــ دل کے پرانے مریض ہیں۔''

یہ سنتے ہی ایک نوجوان جو پستول لئے میرے قریب کھڑا تھا آہستہ ہنسنے لگا۔

''کمال ہے بھئی ـــــ لگتا ہے، بائی پاس نے آپ کے گھر کا راستہ دیکھ لیا ہے''!

اس کی بدتمیزی کا بڑھاپے میں کیا جواب دیتا؟ صبر کے گھونٹ پی کر خاموش رہا۔

جب ہمیں باندھنے کی کارروائی مکمل ہو گئی تو لڑکی نے پیار سے پوچھا۔ ''چابیاں کہاں ہیں آنٹی؟''

''ہمارے یہاں کوئی ایسی قیمتی چیز نہیں ہے جسے تالے میں بند رکھیں۔'' میری بیوی نے جل کر مریل آواز میں جواب دیا۔

''جھوٹ نہ بولیں آنٹی!ـــ ہمیں معلوم ہے۔ پچھلے کئی سال سے آپ کی بیٹی اور دونوں بیٹے ہر ماہ ڈالر بھیج رہے ہیں۔ یہ رقم آپ کے کسی بینک اکاؤنٹ میں جمع نہیں ہوئی۔ ڈالر کی صورت میں آپ گھر ہی پر رکھتی ہیں۔ ضرورت کے وقت بولٹن مارکیٹ پر بلیک سے فروخت کرتے ہیں انکلـــ پرسوں آپ نے دو سو ڈالر بھنائے تھے نا؟''

ان بدمعاشوں کو تو سب کچھ معلوم تھا انکار بے کار تھا۔ اس لئے اثبات میں سر ہلایا۔

''تو بتایئے، کہاں ہے وہ رقم ؟ـــ سارے ڈالر؟'' ایک نوجوان نے پوچھا۔ چہرے سے وہ بے رحم لگ رہا تھا۔ عین اس وقت ہماری بڑی دیوار گھڑی نے ایک گھنٹہ بجایا۔ پورے ڈیڑھ بجے تھے۔ اس کی اواز سنتے ہی میری بیوی بولی۔

''سنوـــ تمہاری دوا کا وقت ہو گیا۔''

یہاں جان پر بنی ہوئی تھی۔ اور اس احمق کو میری دوا کی پڑی تھی۔ اسے تو دعا مانگنی چاہئے تھی کہ پڑوس سے کوئی ہمارے یہاں آ جائے۔ ہمارے دونوں پڑوسیوں کے فون اکثر دوپہر کو ''ہیلڈ اپ'' ہو جایا کرتے تھے اور وہ شکایت کرنے ہمارے یہاں اکثر اس وقت آتے تھے جب مجھ پر نیند کا غلبہ ہوا کرتا۔ ان میں سے ایک ریٹائرڈ کرنل تھے اور دوسرے اپنے وقت کے مشہو باکسر۔

''انکل کی دوا کا وقت ہو گیا؟'' لڑکی نے پوچھا۔ ''فکر نہ کریں میں ابھی کھلاتی ہوں کہاں رکھی ہے؟''

''دائیں طرف خواب گاہ میںـــ بیڈ سائڈ ٹیبل پرـــ نیلی شیشی ہےـــ ایک گولی دینی ہوگی۔'' میری بیوی نے اتنے پیار سے اُن کی رہبری کی جیسے وہ اپنی بیٹی یا بہو سے مخاطب ہوں۔

''پانی بھی وہیں ہےـــ تھرماس میں۔'' میں نے جل کر مزید رہبری کی۔

جب تک یہ مکالمے جاری رہے۔ ایک نوجوان تو ہم سے قریب پستول تانے بیٹھا رہا اور دوسرا کپڑوں اور کتابوں کی الماریوں سے لے کر میلے کپڑوں کی ٹوکری تک کی اطمینان سے تلاشی لے کر ڈالر جمع کرتا رہا۔ یوں لگ رہا تھا جیسے وہ لوگ اسی گھر کے مکیں ہوں اور ہر کمرے کے راز سے

اچھی طرح واقف ہوں۔

اتنی دیر میں لڑکی نے مجھے گولی کھلائی پانی پلایا اور پھر اُس نوجوان کی طرف مڑی جو گھر کی تمام پونجی، میرے سوٹ کیس، بیوی کی نئی پرانی ساڑیاں، ریڈیو، کیسٹ پلیئر، وی سی آر، ٹی وی وغیرہ گھر کی چادروں میں باندھ کر اب واپس ہمارے پاس آ گیا تھا۔ ''اچھی طرح دیکھ لیا نا؟'' لڑکی نے پوچھا۔

''ہاں ـــــ بڑی عجیب عجیب جگہ چھپا رکھے تھے ڈالر!'' وہ ہنسا۔ اس پر پستول والا نوجوان بولا۔

''صرف آنٹی کے زیور رہ گئے ہیں ـــــ تم اُتار لو۔'' اس نے لڑکی کو مشورہ دیا۔ یہ سنتے ہی میں نے گھگھیا کر درخواست کی۔ ''کم از کم انہیں چھوڑ دیجئے۔''

''ساری انکل! ـــــ ہم کچھ نہیں چھوڑ سکتے۔ اگلے ہفتے ناغہ ہے۔ اس کی کسر بھی پوری کرنی ہوگی۔'' لڑکی نے جواب دیا۔ ''ناغہ''؟ میں نے حیرت سے اس کا یہ ایک لفظ دہرایا یہ سنتے ہی دوسرا لڑکا ہنسا۔

''جی ہاں ناغہ انکل ـــــ ہم ایک ہفتے کام کرتے ہیں اور دوسرے ہفتے ریسرچ!'' اس نے اطمینان سے جواب دیا۔

''ریسرچ؟'' میں نے جھنجھلا کر کہا۔ ''خواہ مخواہ اپنے ذلیل کام کو ریسرچ کا لیبل لگا کر اس مقدس لفظ کا مذاق نہ اُڑاؤ۔'' میں نے اسے ڈانٹا۔

چالیس سال تک یونیورسٹی میں لڑکوں اور لڑکیوں کو ریسرچ کرانے کے بعد مجھے اس لفظ کے تقدس کا احساس تھا۔

''ہم مذاق نہیں اُڑا رہے انکل! واقعی ہم ایک ہفتہ ریسرچ کرتے ہیں۔ اس کے بعد کسی کے یہاں ڈاکہ ڈالتے ہیں۔ تبھی تو ہم جدید ترین آلے بھی استعمال کرنے لگے ہیں آپ نے کبھی غور کیا؟ ایسے اداروں کے مرکزی دفتروں پر اب ڈاکہ کیوں پڑ رہا ہے جو کمپیوٹروں کا کاروبار کرتے

ہیں؟"

اس کا جواب سن کر اس حالت میں بھی مجھے ہنسی آ گئی۔ اس نے اب کے ایک عجیب سوال کیا۔

"اچھا تو آپ لوگ اب کمپیوٹر چرا رہے ہیں؟ ـــ ان کمپیوٹروں کو چلائے گا کون؟ ـــ آپ کے ساتھ ڈاکو؟"

میں نے پوچھا۔ میں انہیں زیادہ سے زیادہ باتوں میں لگائے رکھنا چاہتا تھا۔ کرنل صاحب کا فون کئی دنوں سے ٹھیک چل رہا تھا۔ مجھے امید تھی کہ آج وہ ضرور خراب ہو گا تو وہ شکایت کرنے ہمارے یہاں آئیں گے۔

میرے سوالوں کا جواب ان لڑکوں نے نہیں بلکہ لڑکی نے دیا۔

"جی نہیں انکل ـــ ہم میں سے اکثر تعلیم یافتہ ضرور ہیں لیکن کمپیوٹر بھلا کیسے چلا سکتے ہیں؟ اسے تو پیشہ ور پروگرامر چلاتے ہیں پچھلے چند مہینوں میں صرف کراچی سے کم از کم پچاس تربیت یافتہ پروگرامر اغوا ہوئے ہیں۔ ہم ان لوگوں کا بہت خیال رکھتے ہیں۔ جب ہم اُن سے تربیت حاصل کر لیتے ہیں تو انہیں انعام و اکرام دے کر، آرام سے گھر پہنچا آتے ہیں۔ اس لئے اب اُن کے اغوا ہونے کی خبریں اخباروں میں نہیں شائع ہوتیں۔"

لڑکی کا جواب یہیں تک پہنچا تھا کہ ایک نوجوان نے اُسے بری طرح ڈانٹا۔

"کئی بار کہہ چکی ہوں۔ بزرگوں سے ہمیشہ تمیز سے باتیں کرو ـــ پڑھ لکھ کر تم نے ادب گنوایا۔ لڑکی نے اسے سمجھایا۔ کیوں وقت ضائع کر رہے ہو، دیکھتے نہیں بڈھا باتوں میں لگا رہا ہے۔"

"اچھا اچھا ـــ آئندہ کروں گا ـــ اب جلدی کرو۔ کہیں ان کا کوئی پڑوسی اپنے فون کی شکایت رکھنے آن نہ ٹپکے۔" اس کے ساتھ ساجد نے جواب دیا۔

اس کی باتیں سن کر میرا دل بیٹھ گیا۔ مدد کی رہی سہی امید بھی جاتی رہی۔ ان کم بختوں کی ریسرچ تو واقعی مکمل تھی اتنی دیر میں لڑکی میری بیوی کے کان کے بُندے اتار چکی تھی۔ جوں ہی چوڑیاں اتارنے کیلئے اس کی دائیں کلائی کو پکڑا، میری بیوی نے گھگھیا کر کہا۔

''خدا کے لئے بیٹی!۔۔۔ ان چوڑیوں کو چھوڑ دو۔۔۔ یہ میری سہاگ کی نشانی ہیں۔ باون سال پہلے نکاح کے وقت میرے شوہر نے محبت سے پہنائی تھیں۔ شاید تیری شادی نہیں ہوئی ورنہ تو ان چوڑیوں کی اہمیت کو سمجھ سکتی، انہیں ہاتھ نہ لگا بیٹی''!

یہ سنتے ہی نہ جانے کیا ہو کہ لڑکی یکا یک رُک گئی۔ اس کے چہرے پر ایک عجیب تاثر پیدا ہوا، جیسے کوئی بہت ہی تکلیف دہ خیال آ گیا ہو۔ اس کے چہرے کے تاثرات کو بدلتے، اس کے دونوں ساتھیوں نے بھی دیکھ لیا۔ ایک نے غصے سے کہا۔'' بکواس بند کیجئے۔۔۔ بار بار اسے بیٹی کہہ کر اور سہاگ کا ذکر کر کے، اس احمق لڑکی کے جذبات سے نہ کھیلئے۔۔۔ آپ کو پتہ ہے یہ کس لئے ڈاکو بنی ہے؟ ہم کس لئے ڈاکو بنے ہیں؟۔۔۔ قمر! اتار و چوڑیاں جلدی۔ اس نے بے خیالی میں لڑکی کا نام لیا اور اُسے حکم دیا۔ لیکن دوسرے نوجوان نے مداخلت کی۔

''نہیں رحیم! اسے کچھ نہ کہو۔''

''کیوں نہ کہوں؟'' رحیم نے جل کر جواب دیا۔'' اس کے میاں کو شادی کے مہینہ بھر بعد قتل کر دیا گیا۔ تو وہ دوسروں کے سہاگ کی کیوں قدر کرے؟''

''چُپ ہو جاؤ رحیم! اب لڑکی نے آہستہ سے کہا۔'' ان چوڑیوں کی قیمت زیادہ سے زیادہ پانچ چھ ہزار ہوگی۔ تم میرے حصے سے اتنی رقم کاٹ لینا۔''

یہ کہتے ہوئے وہ میری بیوی کی طرف مڑی اور دھیمے لہجے میں کہا۔'' آپ اطمینان رکھیں اماں! میں آپ کی چوڑیاں نہیں اُتاروں گی۔ وقت نے میرے ساتھ ظلم کیا تھا۔ ہماری جنگ معاشرے سے ہے، جو تعلیم کے وسائل تو بڑھائے جا رہا ہے لیکن ملازمتوں کے نہیں جو اپنے ایک حصے میں دولت کے انبار لگوا رہا ہے اور دوسرے کو مشکل سے ایک وقت کی روٹی دیتا ہے اس کی ناانصافی کی سزا میں آپ کو نہیں دوں گی۔ ہم اپنی خوشی سے ڈاکو نہیں بنے اماں! حالات نے ہمیں ڈاکو بنایا۔ ہمیں اپنا انجام معلوم ہے۔۔۔ پر ہم مجبور ہیں کیونکہ ایک بار غلط راستے پر چل نکلو تو لوٹنا محال ہوتا ہے۔ بس آپ دعا کریں کہ موت آئے تو عزت سے آئے۔''

پھر وہ ساجد کی طرف مڑی اور بولی'' کام کی چیزیں لے لی ہوں تو چلو نکل چلیں۔ میرا دماغ پھرا تو میں وہ چیزیں بھی انہیں واپس کردوں گی۔'' یہ کہتے ہوئے اس نے اپنے دوپٹے سے چہرہ پونچھا۔ پتہ نہیں اس کی پیشانی پر ابھرے ہوئے پسینے کے قطرے تھے یا اس کی انکھوں میں سے جھانکنے والے آنسو جو سہاگ کے ذکر پر آ گئے تھے۔

چند لمحوں کے بعد وہ چلے گئے ــــ چپ چاپ ــــ بالکل اسی طرح، جس طرح آئے تھے۔

ان کے جانے کے بعد میں نے سوچا ــــ ان تعلیم یافتہ بظاہر شریف گھرانے کے لڑکوں اور لڑکیوں کو ڈاکو بنانے کا کون ذمہ دار ہے؟ ــــ اس کا حل اخلاقی ہے یا کڑی سزائیں اور فوجی کارروائیاں؟

☆☆

انور قمر

طلسم آباد

مین جب ٹرین سے اترا تو اسٹیشن ویران تھا۔ اسٹیشن کی وسیع عمارت سے مین جب باہر آیا تو باہر بھی ویرانی تھا۔ بس ایک آدمی کچھ فاصلے پر سیاہ کوٹ پتلون میں ملبوس ہاتھ میں چھڑی لئے کھڑا تھا۔ جوں ہی اس کی نظر مجھ پر پڑی اس نے چھڑی کے اشارے سے مجھے اپنی طرف بلایا۔ میں دھیمی رفتار سے اس کی طرف بڑھنے لگا۔ میں نے دیکھا کہ اس کے سر پر سیاہ ٹوپی ہے۔ آنکھوں پر سیاہ چشمہ ہے اور اس نے اپنے ہاتھ سیاہ دستانوں میں چھپا رکھے ہیں۔ میں جب اس کے قریب پہنچا تو میں نے دیکھا کہ اس کے بوٹ کا رنگ بھی سیاہ ہے۔

اس نے اشارے سے پوچھا "پاس؟"

میں نے اپنی ریاست کا عطا کردہ پاس جیب سے نکال کر اس کی طرف بڑھا دیا۔ جانچنے کے بعد اس نے وہ پاس مجھے لوٹا دیا۔ ضابطے کی اس کارروائی سے اُسے کچھ اطمینان ہوا۔ چہرے پر سے اس کے وہ تناؤ جاتا رہا۔ جو میں نے اس کے مزاج سے منسوب کر دیا تھا۔

وہ پلٹا اور چھڑی کے اشارے سے مجھے اپنے پیچھے آنے کی ہدایت کی۔ وہ آگے آگے اور میں اس کے پیچھے پیچھے چل دیا۔ کچھ دور کی مسافت کے بعد میں نے دیکھا کہ سیاہ عمارت اس ویرانہ میں اچانک نمودار ہو گئی یہ سیاہ پوش اس کے قریب پہنچ کر رک گیا۔ اس نے مجھے اشارے ہی سے ہدایت کی کہ میں اپنی جگہ پر رکا رہوں۔ وہ خود عمارت کے آہنی دروازے کی طرف بڑھ گیا۔ اس کے قریب پہنچتے ہی وہ دروازہ خود بخود کھل گیا جوں وہ اندر داخل ہوا، وہ دروازہ جس آہستگی سے کھلا تھا اسی آہستگی سے پھر بند ہو گیا۔

میں نے چاروں طرف نگاہ دوڑائی، سارے میں ویرانی چھائی ہوئی تھی۔ درختوں کے ٹھنٹھ، دور تک پھیلی ہوئی چٹیل زمین بے ترتیبی سے اُگی ہوئی کانٹے دار جھاڑیاں ان کو جھلساتی تپش، گرم ہوا منہ پر خاک اُڑا رہی تھی۔ میں نے خشک ہونٹوں پر زبان پھیری جیب سے رومال نکالا لیکن ابھی میں اپنے ماتھے کا پسینہ پونچھنے ہی جا رہا تھا کہ مجھے عمارت کے عقب سے گھوڑے کی ٹاپ سنائی دی۔ ٹاپ بہ تدریج بڑھنے لگی۔ میں نے دیکھا کہ وہ ایک سیاہ بگھی پر سوار ہے اور کوچوانی کر رہا ہے۔ بگھی کا پچھلا حصہ کھلا ہوا ہے جس میں ایک بہت بڑا تابوت پڑا ہوا ہے۔ اس نے چابک لہرا کر مجھے بگھی کے آخری سرے پر نصف اسٹول پر بیٹھنے کی ہدایت کی۔ میں نے بلا چون و چرا اس کی ہدایت پر عمل کیا۔ رخصتی سے قبل اپنی ریاست نے مجھے یہی تاکید کی تھی۔

بگھی شہر کی مرکزی شاہراہ سے گزرنے لگی۔ عمارتیں کھوکھلی ہو چکی تھیں۔ کھڑکیوں پر چیتھڑے اور دروازوں پر ٹاٹ جھول رہے تھے۔ دکانوں کے پٹ بند تھے پر محسوس ہوتا تھا کہ اندر لین دین ہو رہا ہے۔ کارخانوں پر تالے پڑے تھے، لیکن ان میں سے ٹھک ٹھک ٹھک کی آواز آتی سنائی دے رہی تھی۔ یوں لگتا تھا کہ بستی کے واسیوں نے اپنی روحیں وہیں چھوڑ دی ہیں فقط اپنے اجسام لے کر اس بستی سے ہجرت کر گئے ہیں۔

بستی کے چوک میں پہنچ کر اس نے بگھی روک دی۔ وہ نیچے اترا۔ میں نے اس کی پیروی کی۔ اس نے آسمان پر نظر ڈالی۔ آسمان تانبے کی طرح تپ رہا تھا۔ مجھے لگا کہ وہ آسمانی کیفیت کا مشاہدہ کر رہا ہے۔ پھر اس نے بگھی کھول دی اور گھوڑے کو چارہ دینے میں مصروف ہو گیا۔

مجھے سیاحی پسند ہے اور بستی بستی، قریہ قریہ گھومنے اور وہاں کے اسرار اور رسوم و رواج معلوم کرنے کا مجھے شوق ہے۔ آپ کی دلبستگی کی خاطر میں یہاں دو ایک قصبوں کی روایات نقل کرتا ہوں۔

کوڑھیوں کی ایک دور آباد بستی میں مجھے کوڑھیوں نے سانپ سے ڈسوایا تھا۔ اس لیے نہیں کہ وہ مجھے ضرر پہنچانا چاہتے تھے۔ بلکہ اس لیے کہ میں ان کے ٹھنٹھ سے ہاتھوں سے مصافحہ

کر سکوں ۔۔۔ کوڑھی عورتوں سے محبت کر سکوں ۔۔۔ ان کی ناکوں کے خلا میں جھانکوں ۔۔۔ ان کے بچوں کے ٹنڈ منڈ پیروں کو گدگداؤں تو مجھ سے کوڑھ کے جراثیم نہ چمٹ جائیں۔

اذیت کے بعد لذت

لذت میں پنہاں اذیت

ایک قصبے کے مردوں کو اپنی باؤں، بہنوں اور بیٹیوں سے جنسی اختلاط کی اجازت تھی۔ وہ جب بھی اینٹھتے فوراً دری بچھا دیتے اور کتوں کی نقابیں اپنے چہروں پر چڑھا کر، گھر میں آواز دیتے، جو بھی آ جاتا، یہ اسے دری پر لٹا دیتے اور معروف عمل ہو جاتے۔

ایک گاؤں کی رسم تھی کہ ہر اس شخص کا عضوئے مخصوص کاٹ لو جو آپ سے بغل گیر ہو جائے ۔۔۔ پھر یہ اس لوتھڑے سے رستا ہوا خون اپنے چہرے پر مل لیا کرتے تھے۔

لیکن اس شہر کا سب ہی کچھ نرالا تھا۔ نہ تو شہری تھے، نہ جانور، نہ پرندے تھے، نہ پھول، نہ ہوا تھی، نہ پانی، بس تھا تو وہ سیاہ پوش تھا جو گھنٹہ بھر سے مجھے چھڑی کے اشارے پر نچائے جا رہا تھا۔ میں نے سوچا...... آخر یہ کیسا کھڑاگ ہے؟ یہ سیاہ پوش کون ہے؟ اس غیر آباد مقام پر کیا وہ تنہا رہتا ہے؟ اور یہ تابوت؟

اس میں کس کی لاش ہے؟ کسی کو قتل تو نہیں کر دیا اس نے؟ کہیں میرا انجام بھی ۔۔۔ یہ خیال آتے ہی میرا دل بیٹھنے لگا۔

سیاہ پوش نے ہاتھ جھٹکے انگلیوں سے چپکی ہوئی گھاس کی پتیوں کو الگ کیا۔ کوٹ سے چین سے بندھی جیبی گھڑی نکالی، وقت دیکھا، آسمان پر دوبارہ نظر ڈالی وقت کا صحیح تعین کر چکنے کے بعد وہ تابوت کے قریب آیا۔ بڑی احتیاط سے اس کا منہ ذرا سا کھولا اس کا ہاتھ تابوت کے اندھیرے میں رینگ رینگ کر کچھ تلاش کرنے لگا۔ وہ ہاتھ دھیرے سے پھر باہر آ گیا۔ میں نے دیکھا اس ہاتھ میں چوزے کی سائز کا ایک گِدھ تھا۔ چھوٹا سا نرم نرم بھورا بھورا، سیاہ پوش نے اس کا رُخ سورج کی طرف کر دیا۔ اور گردن اٹھا کر اپنی نگاہیں سورج پر گاڑ دیں اور لگا سہلانے اس گِدھ کو۔

دیکھتے ہی دیکھتے وہ گِدھ اپنے سائز میں بڑھنے لگا پہلے تو وہ مرغ کی جسامت کو پہنچا اور پھر شتر مرغ کے برابر کا ہو گیا۔ سیاہ پوش نے جیب سے ایک چھلہ نکالا اور اُسے گِدھ کے بائیں پیر میں پہنا دیا چھلے کی کرامت تھی یا گِدھ کی ذات کی تکمیل۔ وہ بے چینی سے اپنے پر پھڑپھڑانے لگا۔ سیاہ پوش نے چند کلمات کا ورد کیا اور اپنے ہاتھ کو سر سے بلند کر کے گِدھ کو پرواز پر روانہ کر دیا۔ گِدھ اپنے پر پھڑپھڑاتا اُڑا اور ہمارے سروں پر چکرانے لگا۔ ہر چکر پر وہ اونچا اُٹھنے لگا۔ یہاں تک کہ وہ مجھے پھر چوزہ سا نظر آنے لگا۔ سیاہ پوش نے اپنے کوٹ کی جیب سے مٹھی بھر کالے مونگ نکالے ان پر دم کیا اور وہ مونگ گِدھ کی سمت ہوا میں اُچھال دیئے۔ پھر کیا تھا۔ تمام آسمان گِدھوں سے ڈھک گیا۔

میں نے سوچا معاملہ گمبھیر ہے۔ اس قدر گمبھیر کہ اندازہ مشکل نظر آ رہا ہے۔ میں نے سیاہ پوش کی طرف قدرے احترام سے دیکھا۔ اس کی ادھ ڈھکی پیشانی پر بل تھا۔ اور ادھ چھپی آنکھوں میں تفکر۔ اس نے تابو پھر کھولا۔ اب اسے اپنی مطلوبہ شئے کھوجنے میں دقت نہ ہوئی۔ جب اس کا ہاتھ باہر آیا تو وہ ایک سور کو تھامے ہوئے تھا۔ سیاہ پوش نے سرخ و سفید سور کے منہ پر بوسا دیا۔ بوسے کی لذت سے سرشکار ہو کر سور نے آنکھیں بند کر لیں۔ سیاہ پوش نے اسے ہولے سے زمین پر رکھا اور اس کی پشت سہلانے لگا۔ سور نے گویا دریوزہ سے نجات پا جانے کی سی مسرت انگیز چیخ ماری۔ اور آگے دوڑ گیا۔ اب وہاں اس سور کے بے شمار بچے چلبلا رہے تھے۔ سیاہ پوش نے ان کے سروں پر اپنی چھڑی کو ایک دائرے میں حرکت دی۔ وہ اپنی تھوتھنیاں اٹھائے سورج کو تکنے لگے۔ جوں جوں چھڑی دائرے بناتی گئی توں توں ان کی جسامت بڑھتی گئی۔ یہاں تک کہ وہ اپنی ماں کے قد کو پہنچ گئے۔ سیاہ پوش نے انہیں ایک سمت ہانک دیا۔ وہ اپنی پشتیں مٹکاتے دوڑ گئے۔

میں سوچنے لگا۔

گِدھوں سے سوروں سے کیا نسبت ہو سکتی ہے؟

یہ مردہ خور پرندہ ہے۔ بدہیئت بھی ہے۔ سور فضلے اور کوڑے پر پلتا ہے اور یہ بھی کریہہ صورت

جانور ہے لیکن ان دونوں کا اس سیاہ پوش سے یا سیاہ پوش کا ان دونوں سے کیا تعلق ہے؟

ہزاروں گِدھ ہمارے سر پر منڈلا رہے تھے۔سورج کی تمازت میں کوئی فرق نہ آیا تھا۔زمین تانبے کی طرح تپ رہی تھی۔میرے سر کا پسینہ گردن سے بہتا پشت پر، پشت سے بہتا کمر پر اور کمر سے بہتا جوتوں میں پہنچ رہا تھا اور زمین کی تپش سے خشک ہوا چلا جا رہا تھا۔

مجھے اپنے آپ سے چڑ سی ہونے لگی۔

کیا ضرورت تھی مجھے یہاں آنے کی؟

ایک مہمل سے کھیل کا مجبور تماشائی بننے کی!

پھر مجھے یاد آیا۔اگر اس روز میرا اس ریستوران میں گذر نہ ہوتا تو وہ واقعہ نہ پیش آیا ہوتا......

اور دم توڑنے سے پہلے میں اس سے نہ ملا ہوتا تو شاید یہاں آنے کی نوبت نہ آئی ہوتی۔اب تو وہ واقعہ کسی خواب کی طرح دُھندلا دُھندلا سا یاد رہ گیا ہے۔

اس نے روٹیاں ہوا میں اُچھالی تھیں......

سالنوں کے قاب لوگوں پر انڈیلے تھے۔شراب کے گلاس دیواروں پر پٹخے تھے؟عورتوں کے زیوروں کو نوچا تھا۔ان کے نیم برہنہ جسموں کو برہنہ کیا تھا۔مردوں کی توندوں پر لاتیں ماری تھیں۔ان کے بھی کپڑوں کو تار تار کیا تھا۔اور لٹھوں کی مار سے ریستوران کی آرائشی مصنوعات تباہ کردی تھیں۔اور پھر......

اس شہر کا نام چیخ چیخ کر دہراتے ہوئے نوجوان نے۔اپنے کلیجے میں خنجر اتار لیا تھا۔

اپنے پر ظلم اور ستم ڈھانے والوں کے خلاف احتجاج......مؤثر احتجاج میں نے سڑکوں پر پتھر کوٹنے والے انجن کے تلے دبی ہوئی لاشیں دیکھی ہیں۔زخموں اور ناسوروں پر بھنکتی مکھیوں سے بسی ہوئی بھوکوں اور ناداروں کی موتوں کا میں چشم دید گواہ ہوں سیلابوں کے اگرنے کے بعد درختوں میں پھنسی ہوئی، اکڑی ٹھٹھری اور پھولی ہوئی لاشیں میرے ذہن میں محفوظ ہیں۔فلک بوس عمارتوں سے چھلانگ لگاتی ناآسودہ روحوں کا منظر میری آنکھوں میں تازہ ہے۔پہاڑوں

سے پھسل کر برف میں روپوش ہوئیں اور قبروں سے کھودی ہوئی لاشیں گل وبلبل کو چھونے کی کوشش میں گنوائی گئیں گی جانیں۔ سنگ ساری سے پارہ پارہ ہوئیں لاشیں اور خودسوزی سے بھسم ہوئے جسم بھی میں نے دیکھے ہیں...... جنھیں دیکھ کر جی متلانے لگتا تھا اور محسوس ہوتا تھا کہ جیسے کوئی کنپٹیوں پر سلاخوں سے ضربیں لگا رہا ہو۔ لیکن اس نوجوان کی موت نے مجھ پر کوئی ایسا ناخوشگوار تاثر نہیں چھوڑا...... بلکہ اس نے یوں جان دیدی کی جیسے کہہ گیا ہو مجھ سے۔

"یہ رہا سب کچھ۔"

میں اسی لحہ سفر پر روانہ ہونا چاہتا تھا۔ لیکن یہ بھی جانتا تھا کہ میں اس وقت تک اس شہر کا رُخ نہیں کرسکتا تھا کہ جب تک میری ریاست مجھے سفر کا پروانہ نہیں عطا کرتی۔

کیا ضرورت تھی مجھے یہاں آنے کی؟

ایک مہمل سے کھیل کا مجبور تماشائی بننے کی؟

یہ سوالات میرے ذہن میں اسی طرح چکرا رہے تھے کہ جس طرح وہ گدھ سر پر منڈلا رہے تھے۔ لیکن اب میں اس نوجوان کی خودکشی، گلی میں غائب ہوئے سوروں اور ان گدھوں کے تعلق کی درمیانی کڑی تلاش کررہا تھا۔

ان کے درمیان کوئی تعلق تھا بھی یا نہیں؟

یا یہ میرا محض قیاس تھا؟

پر...... کسی بے تاب گِدھ کی چیخ میرے کانوں سے ٹکرائی ساتھ ہی کسی سور کی کراہ سنائی دی۔

سیاہ پوش نے پہلے آسمان کی طرف اور پھر اس گلی کی طرف دیکھا اس کے گلے سے کتے کی غراہٹ سنائی دی۔ ڈھکے ہوئے ہونٹ پھڑپھڑائے اس تابوت کا سر پھر کھولا اور ایک ہاتھ بھر کا گڈا باہر نکالا۔ گڈے کا لباس کرتے اور دھوتی پر مشتمل تھا۔ سر پر ٹوپی تھی اور ہاتھ میں کاغذوں کا پلندہ۔ گڈے کے منہ سے اپنا منہ جوڑ کر سیاہ پوش نے اپنا دم اس کے سینے میں منتقل کیا۔ گڈے کے سینے میں زیر و بم پیدا ہوئے۔ گویا اس میں جان پڑ گئی ہو۔ اس نے پوری انگڑائی لی کہ گویا لمبی نیند سے

جا گا ہو پھر وہ سورج کی طرف منہ کر کے کھڑا ہو گیا۔ سیاہ پوش نے اس کے سر پر ہاتھ رکھا نہ سمجھ میں آنے والے چند کلمات اس کی زبان سے ادا ہونے لگے۔ آن واحد میں اس گڈے کا سائز قدِ آدم کے برابر ہو گیا۔ اب میرے سامنے ادھیڑ عمر کا آدمی کاغذوں کا پلندہ لئے کھڑا تھا۔ سیاہ پوش نے اسے بھی اسی گلی میں ہانک دیا جس گلی میں وہ سور داخل ہوئے تھے۔

میں حیرت سے اُسے کاغذوں کا پلندہ بغل میں دبائے گلی میں داخل ہوتا دیکھتا رہا۔ سیاہ پوش نے جیب سے مٹھی بھر مونگ پھر نکالے اور اس شخص پر اُچھال دئے۔ میں نے دیکھا کہ اسی حلیے کے کئی لوگ پیدا ہو گئے ہیں۔ پھر وہ اسی گلی میں جا کر روپوش ہو گئے۔

سیاہ پوش نے دوبارہ گھڑی جیب سے نکالی، ایک نظر اس پر ڈالی، تیزی سے مڑا اور اب کی مرتبہ تابوت کا ڈھکن اس نے پورے کا پورا کھول دیا۔ تابوت کافی بڑا تھا اور جہاں میں کھڑا تھا وہاں سے مجھے اس کے اندر موجود عجوبات نظر نہیں آرہے تھے۔ ابھی میں قریب جا کر اس کے اندر جھانکنے کا ارادہ کر ہی رہا تھا کہ سیاہ پوش کا ہاتھ اس میں سے برآمد ہوا...... ایک ...... دو...... تین...... چار...... غرض کہ یکے بعد دیگرے وہ کئی گڈے اور گڈیاں اس میں نکالتا چلا گیا۔ ایک اُچٹتی نگاہ پھر گھڑی پر ڈالی۔ اور وقت کی کمی کا شدید احساس اس کی حرکتوں سے عیاں ہو گیا۔ اس کے ہاتھ تیزی سے ان گڈے گڈوں کو ایک مناسب ترتیب میں لگانے لگے۔ دو ایک کا مقام اس نے غور کرنے کے بعد بدلا۔ اور اب کی بار غور سے دیکھ کر اس نے اطمینان کا سانس لیا۔

اُن کے رخ سورج ہی کی سمت تھے۔ وہ ان کے پشت پر کھڑا ہوا اور سورج پر نظریں گاڑ کر ان کے سروں پر دست شفقت رکھتے ہوئے میری سمجھ میں نہ آنے والے ان ہی کلمات کا ورد پھر کرنے لگا۔ دیکھتے ہی دیکھتے ان میں عمل تنفس جاری ہو گیا جسموں میں خفیف حرکتیں پیدا ہوئیں۔ اور وہ اپنے قد و قامت میں بڑھنے لگے۔ گویا وہ ربر کے مجسمے ہوں۔ جن میں ہوا پمپ سے بھری جا رہی ہو۔ جب وہ قدِ آدم کو پہنچے تب اس نے اپنی دعا ختم کر دی۔

اس نے آخری مرتبہ ان کا جائزہ لیا۔

بارڈر سیکورٹی فورس کا جوان، پولیس کا جوان، مجسٹریٹ، تاجران، مذہبی لیڈران، خاکروب، بوجھ ڈھونے والے، کھیت مزدور، بہشتی، بھکاری، مرد، عورتیں، بچے، ......غرضیکہ اس تابوت میں سے پورے کا پورا شہر برآمد ہو گیا......

سیاہ پوش تمسخرانہ انداز میں مسکرایا...... چھڑی گھمائی ......اور ان سبوں کو اس نے اسی گلی میں ہانک دیا۔ جیب سے کالے مونگ نکالے۔ ان پر دم کیا اور انہیں ان پر اچھال دیا۔ ان کی تعداد پلک جھپکنے میں کئی گناہ ہو گئی۔ وہ ہولے ہولے چلتے گئے۔ اور اس گلی میں روپوش ہوتے گئے۔

سیاہ پوش نے ہاتھ جھٹکے۔ جیب سے سگریٹ نکالا اور لائٹر کی مدد سے اسے سلگا کر میرے قریب آیا۔

''بڑا بورنگ کام ہے۔''

''بورنگ......'' میں نے حیرت ظاہر کی۔

''ہاں'' وہ دھواں اُگلتا ہوا بولا۔ ''بڑا بورنگ...... پہلی بات تو یہ ہے کہ ہر روز یہ ڈرامہ کرنا پڑتا ہے......دوسری یہ کہ بات کرنے کی مخالفت ہے...... تیسری یہ کہ پردہ کی پابندی ہے۔''

''تو پھر......تم مجھ سے؟''

''ہاں......زبان ترس گئی تھی......اور اب پکڑے جانے کا امکان بھی نہیں......اور یہ تابوت بھی خالی ہو چکا ہے...... تمام چغل خور جا چکے ہیں۔

''لیکن تم یہ کام......؟''

''معاوضے پر کرتا ہوں۔ پہلے سڑکوں پر مجمع لگا کر لوگوں کا دل بہلاتا تھا۔ دس پانچ کما لیا کرتا تھا۔ اب بھی سڑکوں پر مجمع لگاتا ہوں...... لیکن ڈھنگ نرالا ہے۔ امپریشن خوب پڑتا ہے...... پوزیشن بھی بن گئی ہے۔ اب دیکھو نا اتنے بڑے شہر میں اکیلا ہی ہوں...... کبھی کبھار محسوس ہوتا ہے کہ جیسے میں اس شہر کا حاکم ہوں اور......کبھی......''

''لیکن تم یہاں کس کے لئے کام کرتے ہو؟ تمہارا معاوضہ کون ادا کرتا ہے؟''

''جس ٹرین سے تم اُترے تھے۔اسی ٹرین کا گارڈ مجھے ہر ماہ دو ہزار روپے کا لفافہ دے جاتا ہے...... بھائی میں بھی بال بچے والا آدمی ہوں......اس حلیے میں تمہیں ضرور پراسرار لگ رہا ہوں گا...... کیا کروں یہ میرا یونی فارم ہے...... لیکن میں ہرگز برا آدمی نہیں ہوں...... میرے بچے اسکولوں میں پڑھتے ہیں۔...... بیوی گھر گرہستی سنبھالتی ہے اور ہر سوموار کو مجھے پریم پتر لکھ بھیجتی ہے۔''

''کیا......انہیں معلوم ہے کہ تم...... یہاں اس کام پر تعینات کئے گئے ہو......''میں نے جھجک کر پوچھا......گویا میں جان گیا تھا کہ وہ کوئی غیر شریفانہ یا غیر انسانی کام انجام دے رہا ہوں۔

وہ سمجھ گیا۔

''جس کام کا معاوضہ مل جائے وہ کام ہرگز بُرا نہیں......اور اگر برا ہے بھی تو مجھے اسے سے کیا سروکار؟ جس کے اعمال برے آخرت خراب ہو اس کی!...... مجھے کیا پروا......وہ جانے اور اس کے کام......''

''شی ــــ شی ــــ شی ــــ''

اور اپنے لبوں پر انگلی رکھ دی۔

میں نے محسوس کیا کہ سورج کی تمازت اچانک بڑھ گئی ہے۔اس نے ڈرتے ڈرتے اوپر دیکھا۔لیکن میں نظر اٹھانے کی ہمت نہ کر سکا۔

مجھے محسوس ہوا کہ میرے اطراف کی مرئی اور غیر مرئی ــــ ہر ہر شئے ہماری گفتگو پر کان دھرے بیٹھی ہے۔

ایک ٹھنڈی سی لہر دوڑ گئی میرے جسم میں!

اس نے پھر گھڑی دیکھی اور کہا۔

''تم چاہو تو اس ڈرامے کا بقیہ حصہ اسٹیج پر دیکھو ــــ یا چاہو تو ٹی وی، پہ ــــ ''ٹی وی پر؟''

''ہاں''اس نے تابوت کو کھولا۔تابوت کے ڈھکن کی اندرونی ساکت فلم کے اسکرین جیسی

تھی۔ میں نے پوچھا۔ ''تم ہی بتاؤ''

''میرا خیال ہے کہ ٹی وی پر دیکھنا بہتر ہوگا۔ کیونکہ تم جو کچھ بھی دیکھو گے۔ وہ حقیقت ہی ہوگی۔ لیکن ٹی وی اسے ہر حال میں آرٹی فی شل (مصنوعی) بنا دے گا۔ اس لئے واقعہ کا اِم پکٹ (اثر) بھی کم ہوگا۔

شہر میں رہتے رہتے اور زندگی کی حقیقتوں سے نظریں چراتے چراتے دنوں بیت گئے تھے۔ اور مجھے اپنے خول میں پڑے رہنے کی عادت سی ہوگئی تھی۔ سُست سی محفوظ حالت۔ ہر صبح اخبار میں قتل و غارت گری کے واقعات ـــــ چوری، غنڈہ گردی جعل سازی، اغوا، اور زنا کاری کی خبریں ـــــ جبر و تشدد، جنگ، ایٹمی خطرات کی اطلاعیں ـــــ سمّیت، گرد و غبار، بیماریوں اور وباؤں کی وارعینگو گاؤں کے گاؤں جلا دیئے جانے اور شہر کے شہر تاخت و تاراج کر دیئے جانے کے سانحے میں بلا ناغہ پڑھتا ـــــ لیکن اپنے اطراف اپنے بچوں کو ہنستا کھیلتا دیکھ کر یا اپنی بیوی کو رسوئی میں کھانا پکاتے پا کر اور اپنی جیب میں شام کی دارو اور دوستوں کی تواضع پر خرچ ہونے والی رقم کا اندازہ کر کے مسرور ہو جاتا تھا۔ پھر یہ کیوں کر ممکن تھا کہ میں ان واقعات پر۔ ان خبروں پر، ان اطلاعوں پر، ان سانحوں پر حقیقت کا گمان کروں! میرے لئے تو یہ تمام غیر متعلق، بے گانی، بے مصرف اور مصنوعی باتیں تھیں۔ جو میرے ذہن کے سانچے میں اتر ہی نہیں پاتی تھیں۔

پچھلے کئی دنوں سے میں محسوس کر رہا تھا کہ میرا بارہ سالہ لڑکا اب لوگوں سے دبی آواز اور ملائم لہجے میں بات کرنے لگا ہے۔ اس نے مجھے محلے کے داداؤں، سنیما کے ٹکٹ بلیک کرنے والوں، مٹکا چلانے والوں، بھڑووں، سیٹھیوں، صاحبوں، پولیس انسپکٹروں اور حولداروں کو ادب سے سلام کرتے اور ان کے بال بچوں کی خیر خیریت پوچھتے بار ہا دیکھا ہے۔ ممکن ہے وہ اپنے مینٹل نوٹس (Mental Notes) لیتا رہا ہوگا۔ ممکن ہے کہ اس نے سوچا ہو کہ میرا باپ اس سوسائٹی میں بڑا کامیاب فرد ہے۔ ملنسار، ہنس مکھ، کلچرڈ اور سیولائز (Civilized) اور یہ بھی ممکن ہے کہ وہ اس نتیجہ پر پہنچا ہو کہ اس دور میں محفوظ اور آرام دہ زندگی گزارنے کے یہی گر ہیں۔

سیاہ پوش نے میری اس طویل خاموشی کو اپنے فیصلے کی تائید سمجھا۔ پھر اس نے کونے میں بنے پیتل کا بٹن آن کر دیا اسکرین کا ٹیوب روشن ہو گیا۔ کچھ دیر کے بعد سیٹیاں بجنے لگیں۔ اب اسکرین پر نقوش اُبھرنے لگے سیٹیاں رک گئیں۔

بہت بڑے میدان کا کرین شاٹ (Craneshot) لیا جا رہا تھا۔ کیمرہ میدان میں کھڑے بے شمار لوگوں کے چہروں پر پین (Pan) ہو رہا تھا۔ میں نے فوراً پہچان لیا۔ یہ وہی لوگ تھے جن کو سیاہ پوش نے گڈے گڑیوں سے انسانی پیکر عطا کیا تھا۔ بیسوائیں، کمہار، قصاب، تانگے والے، رکشے والے، باجے والے، ظروف ساز، موچی، خاکروب، بوجھ ڈھونے والے، کھیت مزدور، بہشتی، بھکاری، مرد، عورتیں اور بچے...... مرد عورتیں اور بچے۔ فرق صرف یہ تھا کہ ان کے منہ پر ٹیپ (Tape) چپکا دیے گئے تھے۔

"صفیں درست کر لو۔" لاؤڈ اسپیکر سے حکم صادر ہوا۔

وہ یوں بھی قطاروں میں کھڑے تھے۔ لیکن حکم سن کر اس قدر ہیبت زدہ ہوئے کہ میدان میں ایک سرے سے دوسرے سرے تک بھگدڑ سی مچ گئی۔ وہ اپنے پنجوں کو آگے پیچھے سرکا کر اور اپنے شانوں کو ایک دوسرے سے جوڑ کر صفیں درست کرنے لگے۔

اب کیمرہ ڈولی شاٹ (Dolly Shot) لے رہا تھا۔ اور قطاروں کی عمودی سمت میں چل رہا تھا۔ انہوں نے اب اپنی صفیں بالکل درست کر لی تھیں۔ اور میں دیکھ رہا تھا کہ ان میں سے ہر ایک کے ہاتھ ان کی پشت پر چمڑے کے فیتوں سے کسے ہوئے ہیں۔

شاٹ کٹ ہوا، اب کیمرہ بہت دور سے پلیٹ فارم پر فوکس ہوا۔ پلیٹ فارم پر چند پیکر دھندلے دھندلے سے نظر آئے۔ اب ڈولی (Dolly) پلیٹ فارم کی جانب بڑھنے لگی۔ رفتہ رفتہ وہ دھندلے پیکر واضح ہونے لگے۔

شاٹ فریز (Freez) کر دیا گیا۔

عین وسط میں رکھی اونچی مسند پر سور بیٹھا ہوا تھا۔ جو اپنے ایک ہاتھ میں چھوٹا سا آئینہ تھامے

ہوئے تھا اور دوسرے ہاتھ سے اپنی ابروؤں کو سنوار رہا تھا۔ اس کی دائیں جانب بارڈر سیکورٹی فورس کا جوان، پولیس فورس کا جوان اور ان ہی دو فورسز کے دیگر جوان کھڑے تھے۔ سور کی بائیں جانب تاجران اور مذہبی لیڈران اور ان ہی طبقوں کے دیگر افراد کھڑے تھے۔ سور کی اولادیں اپنے بزرگ کی پشت پر کھڑی تھیں اور ان کے پنجے مسند کی پشت کو تھامے ہوئے تھے۔

مجسٹریٹ سور کے چرنوں میں اپنے مخصوص لباس اور اپنے مخصوص انداز میں بیٹھا ہوا تھا۔ جس کی بائیں جانب وہ ادھیڑ عمر کا آدمی کاغذوں کا پلندہ تھامے مؤدب کھڑا تھا۔

کیمرہ اب ایریل ویو (Aerial View) پیش کر رہا تھا۔ انسانوں کا ٹھاٹھیں مارتا سمندر، رنگ برنگی پنڈال اور پنڈال پر گیان دھیان میں بیٹھے ہوئے گدھ!

میں نے اسٹول سے اٹھ کر ٹی وی آف کر دیا۔

''یہ کیا'' سیاہ پوش نے قدرے برہمی سے کہا اور ٹی وی آن کر دیا۔

میں نے اپنے رخ پھیر لیا۔ اور اپنی پیٹھ ٹی وی کی جانب کر لی۔

''لاؤ سگریٹ پلاؤ''

اس نے سگریٹ اور لائٹر مجھے تھما دیا۔

''تمہیں یہ شو پورا دیکھنا ہوگا۔''

''کیوں......کیا یہ ضروری ہے؟''

''ہاں دستور تو یہی ہے۔''

''دستور......کس کا دستور؟'' میں نے بے تعلقی سے پوچھا۔

''اسی کا......کہ جس کا یہ سیٹ اپ (Set up) ہے۔

لیکن میں یہ شو دیکھنے پر مجبور نہیں......اور یہ شو میرے لیے کوئی نیا نہیں...... یہ تو آئے دن کی بات ہے......کبھی کبھار اس سے بھی دلچسپ تماشے دیکھنے کو مل جاتے ہیں مجھے اپنی زندگی میں...... اور اخبار میں اس سے بھی ہولناک خبریں پڑھنے کو......''

''تو'' اس نے حیرت سے دریافت کیا۔

''تو...... کچھ نہیں ...... یہ گورکھ دھندہ چلتا ہے تو چلا کرے۔ مجھے اس میں ذرا سی بھی دلچسپی نظر نہیں آتی۔''

ا ''کیسی باتیں کرتے ہو! تم نہیں جانتے اس کا انجام کتنا تاسف انگیز اور المناک ہے۔''

''وہ تو ان گدھوں کی آنکھوں میں چھائی ہوئی ویرانی سے ظاہر ہے......اور......اس سور کے کولڈ بلڈیڈنیس (Cold Bloodness) سے۔''

میری نظروں میں ایک ہاتھ میں آئینہ اور دوسرے ہاتھ سے اپنی ابروُں کو سنوارتے اس سور کی تصویر گھوم گئی۔

''غالباً یہ شو تم نے کہیں دیکھا ہوگا؟''

''نہیں''

یہ کہہ کر میں خاموش ہوگیا۔ مجھے دور سے کسی کی سسکیاں سنائی دیں۔ جیسے کوئی بین کر رہا ہو...... جیسے نوحہ پڑھا جا رہا ہو......بس اسی لمحے اسی پل مجھے اس نوجوان کی، اس ریستوران میں عذر و احتجاج کے طور پر کی گئی خودکشی کی وجہ سمجھ میں آ گئی۔

بات کہنے کو یہی باقی رہ گئی ہے کہ ہم دونوں وقفے وقفے سے سگریٹ پھونکتے رہے اور شو کے خاتمے کا انتظار کرتے رہے۔ شام کو کھیل ختم ہوا اس کے سارے کردار یکے بعد دیگرے واپس ہونے لگے۔ گدھ، سور، ادھیڑ عمر کا آدمی بارڈر سیکورٹی فورس کے جوان...... پولیس فورس کے جوان...... مجسٹریٹ...... تاجران...... مذہبی لیڈران...... بیسوائیں، کمہار قصاب، تانگے والے، رکشے والے، باجے والے، ظروف ساز، موچی، خاکروب، بوجھ ڈھونے والے، کھیت مزدور، بہشتی، بھکاری، پورے کا پورا شہر، سیاہ پوش نے ان کے سروں پر اپنی چھڑی کو دائروں میں حرکت دی، وہ اپنی تعداد میں گھٹنے لگے۔ آخرکار ہر قسم کا اور ہر پیشے کا بس ایک ایک نمائندہ باقی رہ گیا۔ سیاہ پوش نے انہیں ترتیب وار کھڑا کیا۔ چند کلمات کا ورد کیا۔ اور جب اس نے ان پر دم کیا، وہ تمام آدم

زاد پھر سے گڈے اور گڑیوں میں تبدیل ہو گئے۔ پرند اور جانور سمیت اور سکڑ کر اپنے جثہ میں گھٹ گئے۔ سیاہ پوش نے انہیں فرداً فرداً تابوت میں اتارا، پھر تابوت مقفل کر دیا۔ اس کے بعد اس نے بگھی جوتی، بچا ہوا چارہ سمیٹ کر بگھی سے لٹکے جھولے میں ڈالا۔ ہتھیلیاں مل کر صاف کیں پھر جا کر اپنی سیٹ پر بیٹھ گیا۔ اس کے لگام سنبھالتے ہی بگھی چل پڑی...... اور رات پھر...... سنسان ویران راستوں پر چلتی رہی میں اسٹول پر بیٹھا اونگھتا رہا۔

جب بگھی اسٹیشن کے قریب پہنچی، چوبیس گھنٹے گزر چکے تھے اور وہی ٹرین دھواں اڑاتی اسٹیشن میں داخل ہو رہی تھی۔ میں تیزی سے بگھی سے اُترا وہ اپنی سیٹ سے کودا، اس نے اشارے سے پھر پاس طلب کیا۔ کوٹ کی اوپری جیب سے قلم نکالا۔ پاس پر کوئی اندراج کیا۔ اور وہ پاس اس نے مجھے لوٹا دیا۔ رخصتی سے پہلے کرٹسی (Courtesy) کے طور پر میں نے مصافحے کے لئے ہاتھ بڑھایا اپنے ہاتھ کے جھٹکے سے اس نے مجھے جھڑک دیا۔ اس کی ادھ ڈھکی آنکھوں میں بے مروتی در آئی تھی اور چہرے پر شدید تناؤ کے آثار نمایاں ہو چکے تھے۔

گارڈ کی تیز سیٹی میرے کانوں سے ٹکرائی۔ اسی لمحے انجن بھی چیخا۔ میں گاڑی کی سمت تیزی سے دوڑا...... گاڑی رینگنے لگی...... میں نے اپنی رفتار میں اضافہ کر دیا اور گاڑی پکڑ لی ـــ میں دروازے میں کھڑا چھوٹتا منظر دیکھ ہی رہا تھا کہ متحیر ہو گیا۔

ایک آدمی اسٹیشن کی وسیع عمارت سے باہر نکل رہا تھا جسے دور کھڑا سیاہ پوش چھڑی کے اشارے سے اپنی طرف بلا رہا تھا۔!! ●●

امراؤ طارق

چوپال کا راجہ

چراغ جلے گاؤں کے مکھیا کی چوپال میں لوگ جمع ہونے لگتے۔ کیا مسلم کیا غیر مسلم، کیا ادنیٰ اور کیا اعلیٰ سب ہی دن کے کاموں سے فراغت پا کر مکھیا کی چوپال میں پہنچ جاتے جاڑوں میں ارہر کی سوکھی لکڑیاں یا سَن کے پولے روشن کر دیئے جاتے اور لوگ چاروں طرف اینٹوں کی بیٹھک سنبھال کر بیٹھ جاتے۔ گرمیوں میں یہ مجلس باہر تاروں کی چھاؤں میں جمتی۔ آلہے گائے جاتے، ہندو مسلم گلے میں بانہیں ڈال کر، کاندھے سے کاندھا ملا کر شاہنامۂ اسلام اور تلسی داس کے دوہے الاپتے۔ بات غلے کی گرانی سے شروع ہوتی اور جرمن کی لڑائی پر ختم ہوتی، لال محمد بیڑیاں جلتیں، چلمیں دھونکی جاتیں، اور کچھ نہیں تو پتے والا تمبا کو ہاتھوں پر مَل کر چونا ملا کر پھانک لیتے، اور گرم راکھ پر میلی میلی رال تھوکتے رہتے۔ یہاں سب اپنی اپنی معلومات جتاتے لیکن انو میاں جو اس چوپال کے اہم جزو تھے کبھی نہ بولتے۔ بس خاموش بیٹھے لال محمد بیڑی پھونکتے رہتے۔ چوپال انو میاں کے بغیر کبھی مکمل نہیں سمجھی جاتی تھی، یا انو میاں چوپال سے باہر انو میاں نہ لگتے تھے۔ کچھ لوگ تو انھیں چوپال کا راجہ کہتے تھے،

گاؤں کے مکھیا کی پہلی بیوی جب امید سے ہوئی تو اس پر بڑی پابندیاں عائد ہو گئیں کنگھی کر کے بالوں کو پھینکنے سے پہلے اُن پر تھوکنا پڑتا۔ اُتارے ہوئے کپڑے باہر والوں کی نظر سے بچائے جاتے۔ سورج غروب ہونے کے بعد صحن میں نکلنے کی اجازت نہ ہوتی تھی۔ غرض کہ تمام ٹوٹکے اُن پر ختم تھے۔ جب پورے دن ہو گئے تو مکھیا کی بیوی کی کمر میں کالا دھاگہ، پھونک کر باندھا گیا اور انو میاں پیدا ہو گئے۔ دو سال تک ماں کا دودھ جونک کی طرح چوستے رہے، پھر ایک سال گھر کی بھینس کا دودھ پیا اور دوسرے سال ان کی ماں اور بھینس دونوں ہی اللہ کو پیاری ہو گئیں اور انو میاں منحوس قرار دے دیئے گئے۔ جب ذرا بڑے ہوئے تو سوتیلی ماں نے ایک نوکر

نکال کر اُس کے حصے کا کام انومیاں کو سونپ دیا۔ اور انومیاں اداس ہو کر چوپال کے ہو رہے۔

انومیاں کی تعمیر کے لئے فرشتوں نے بڑی پھُس پھُسی مٹی استعمال کی تھی۔ چار فٹ سے کچھ زیادہ بڑھنے کے بعد اور زیادہ بڑھنے سے انکار کر دیا۔ گاؤں والے انتظار کرتے رہے۔ لیکن انومیاں ایک انچ نہ بڑھے۔ پھر جوانی آئی تو سوکھنا شروع ہو گئے۔ گالوں کا گوشت گھل گیا اور آنکھوں میں حلقے اور نمایاں ہو گئے۔ لبوترا سر سنوں سے بھر گیا۔ تنگ آ کر سر پر دو پلی ٹوپی چپکالی اور پنجگانہ نمازیں پڑھنے لگے۔ گاؤں والے سمجھ گئے کہ اب انومیاں مکمل ہو گئے ہیں۔

انومیاں اذان کے وقت بستر چھوڑ دیتے تھے، پیروں میں الہٰ آباد کی گھسی گھسائی کھٹ پٹی ڈالے بیلوں کو چارہ دیتے بھینس کا دودھ نکالتے اور دلچیز میں دودھ کی جھاگ ہٹا کر غٹ غٹ مناسب مقدار حلق میں انڈیل لیتے اور کنوئیں سے بھرا ہوا تازہ پانی ملا کر دودھ کا برتن باورچی خانے میں رکھ آتے اور وضو کر کے بڑی مسجد کے نمازیوں میں شامل ہو جاتے، اُن کے اس معمول میں کبھی فرق نہ آتا تھا کہ رمضان میں سحری کھانے کے بعد جب دودھ نکالتے تو مناسب مقدار اپنے حلق میں ڈالنا نہ بھولتے۔

جاڑوں کی دھند میں ڈوبی ہوئی سرد شام میں جب چوپال ارہر کی لکڑی کے دھنوئیں سے بھری ہوئی تھی، انومیاں اندر ہی کمبل اوڑھے چٹائی پر بیٹھے ہوئے تھے، ابھی ابھی کنوئیں سے چالیس گھڑے پانی بھر چکے تھے۔ سانسوں کی دھونکنی چل رہی تھی اور پیر اب تک کانپ رہے تھے۔ جیب سے بٹوا نکال کر تمباکو کی پھنکی بنا رہے تھے کہ چوپال کے سامنے چادر میں لپٹی چاندنی کے جھانجن بجاتی ہوئی ہاجو آپا نکل گئیں۔ انومیاں کی چھوٹی چھوٹی آنکھوں میں چمک پیدا ہوئی، پتلیاں سمٹ گئیں اور بے خبری میں کئی مرتبہ چونا چاٹ گئے سانسوں کی دھونکنی اور تیز ہو گئی جاڑے کی اس بوجھل اور ویران سی شام میں چوپال کے سامنے سے بہار کیسے گزر گئی، انومیاں اس کے آگے کچھ سوچ ہی نہ سکے۔

مکھیا کے دوسرے لڑکوں میں سب سے بڑے کی شادی بڑے چاؤ سے رچائی گئی۔ ڈومنیوں کے ناچ ہوئے دوسرے لڑکے نے کمائی کے زعم میں شادی کر لی۔ تیسرے نے باپ کو خط لکھ دیا کہ

میری شادی کر دی جائے ،اور کئی بیچ میں باپ کو بر وقت شادی کے افادے سمجھائے ۔مگر انو میاں ہمیشہ نظر انداز کیے جاتے رہے۔ گاؤں میں جب بھی انو میاں کی شادی کے چرچے ہوتے تو بڑے میاں تسبیح کی گردش روک دیتے ۔زیر لب کوئی دعا پڑھتے اور صاف کہہ دیتے کہ اِس کو کون اپنی لڑکی دے گا۔اور اس پہلو سے جب گاؤں والے سوچتے تو انو میاں چنے کے کھیت میں اُگی ہوئی گھاس کی طرح بے مصرف معلوم ہوتے۔ بڑی مشکلوں سے گنگا پار میں ان کی شادی طے ہوئی یہاں تک کہ سسرال سے عید پر جوڑا بھی آ گیا۔انو میاں نے تکیوں سے روئی نکال کر جوتوں میں ٹھونسی اور عید گاہ چلے گئے لیکن دوگانے سے واپس آ کر اعلان کر دیا کہ میں گنگا پار میں شادی نہیں کروں گا۔ جب ماں نے جھاڑ بتائی تو کہہ دیا کہ اگر میں شادی کروں گا تو باجو سے،اور سارے گھر نے اپنی اپنی انگلیاں دانتوں میں دبالیں۔ یہ کسی کو نہ معلوم تھا کہ وہ باجو آپا پر کب سے فدا ہیں۔ لیکن گاؤں والوں نے اکثر انھیں اس وقت پکی قبر کے پاس دیکھا ہے جب باجو آپا بڑے دروازے میں ’’ڈھیک چاندنی‘‘ کھیلا کرتی تھیں۔

باجو آپا جاگیردار کی اکلوتی بیٹی تھیں،اور پھر واقعی میدے کی طرح سفید اور پھولوں کی طرح نازک تھیں۔اگر گاؤں والوں کو انو میاں کے اس جگر گردے کے عشق کا پتہ چل جاتا تو اتنے جوتے پڑتے کہ چاند پلپلی ہو جاتی۔مگر وہ تو گھر میں انہوں نے اعلان کیا تھا اور بات گھر کی گھر میں رہ گئی انو میاں کا عشق بھی ایک طرفہ تھا۔ مجھ سے جب انو میاں نے ڈرتے ڈرتے ایک پیغام باجو آپا کو بھیجا تو میں اُن کے گھر جا کر واپس آ گیا اور انو میاں کو اپنی طرف سے جواب گھڑ دیا اور پھر یہ سلسلہ مٹھائیوں اور کنگھی چوٹی تک پہنچا،اور میں سب گول کرتا رہا۔ میں جب مٹھائیاں اور تحفے لے جا کر باجو آپا کی طرف سے انو میاں کا شکریہ ادا کرتا تو اُن کے چہرے پر خوشی کی شفق پھوٹ پڑتی اور قمیص کے نیچے میلے اور گندے شلوکے سے ملکہ وکٹوریہ کے پیسے نکال کر دیتے۔

چوپال میں سَن کے پولے سُلگ رہے تھے۔لوگ بارش کے بارے میں گفتگو کر رہے تھے۔انو میاں بہت اداس تھے، میں چوپال کے باہر بیٹھا ہوا لال محمد بیڑی کے ہلکے ہلکے کش لگا رہا تھا کہ انو میاں بھی میرے

پاس آ کر بیٹھ گئے۔ بیڑی نکال کر جلائی اور کہنے لگے میں کل شہر جارہا ہوں۔

''واقعی آپ شہر جارہے ہیں۔'' مجھے تعجب ہوا۔

''ہاں اب میں کچھ کماؤں گا۔'' انو میاں ستاروں سے بھرے ہوئے آسمان پر نظریں گاڑے ہوئے تھے۔

''لیکن گاؤں سونا ہو جائے گا۔ چوپال اُجڑ جائے گا۔ میں نے جھوٹ موٹ رونی صورت بنا کر کہا۔

''مجھے بھی یہ غم ہے'' !انو میاں بھی منمنائے۔ تھوڑی دیر بے مقصد میری شکل دیکھتے رہے پھر جیسے کچھ یاد آ گیا۔

اچھے میرا ایک کام کردو گے۔''

''ہوں اوں۔'' میں جانتا تھا کہ ہاجو آپا کے پاس کوئی پیغام یا تحفہ جائے گا۔

''یہ لے جا کر ہاجو آپا کو دے دو۔ اُن سے کہہ دینا کہ تیرا انو اب کچھ بن کر لوٹے گا لیکن اس کا انتظار کرنا۔۔۔ وہ اب تیرے لائق ہو کر تیرے سامنے آئے گا۔ اور کچھ نہیں تو......'' ان کی آواز بھرا گئی اور حلق سے شوں شوں کی آوازیں آنے لگیں۔ میں نے پوٹلی اُن کے ہاتھوں سے لے لی۔۔۔ تازہ پیڑوں کی خوشبو سے میرا دماغ معطر ہو گیا، اور رال کا ایک پھندہ میرے منھ سے حلق میں پھسل گیا۔

''لیکن آپ جا کیوں رہے ہیں؟'' میں نے یوں ہی سوال کر دیا۔ گو کہ مجھے اس سے کئی دلچسپی نہ تھی کہ وہ کیوں اور کہاں جارہے ہیں۔

''جاگیردار مجھ جیسے آدمی سے اپنی بیٹی نہ بیاہے گا۔ کیونکہ میں نکما ہوں۔۔۔ کیوں کہ میں بے ہنگم ہوں۔۔۔ کیونکہ میں......اس لئے اب میں کچھ بن کر دکھاؤں گا۔ تم دیکھنا جب میں انگریزی لباس میں سفید گھوڑے والے......اکے پر بیٹھ کر گاؤں آ ؤں گا تو لوگ مجھے تعجب سے دیکھیں گے، اور پھر میں ہاجو آپا کو بیاہ لاؤں گا۔'' وہ پھر تاروں سے بھرپور آسمان میں اپنی قسمت کا ستارہ تلاش کرنے لگے۔ اور میں پیڑوں کی پوٹلی لے کر کھسک آیا۔

اُفق پر رنگوں سے بھرپور رات کی مانگ میں کرنوں کا سیندور بھرتی ہوئی صبح گاؤں پر جگمگائی۔ پھر اسی طرح کئی اور صبحیں آئیں اور گاؤں پر روشنی بکھیرتی رہیں، لیکن انو میاں شہر نہ گئے۔ ایک

دن میں نے انھیں چوپال میں بیٹھا پکڑلیا۔

''آپ شہر کیوں نہیں گئے۔''

''ہی۔ای ای۔ دراصل میں گاؤں نہیں چھوڑ سکتا۔ ہی ای ی ی ی۔'' وہ بے ہنگم ہنسی لنڈھاتے رہے۔ پھر ایک دم بچوں کی طرح منھ لٹکا کر سنجیدہ ہو گئے۔

''یہ گاؤں جہاں میں نے آنکھ کھولی ہے، مجھے بہت عزیز ہے۔ اسی گاؤں میں ہاجو ہیں، یہیں چوپال ہے۔ پھر تم ہی بتاؤ اچھے میں شہر کیسے جاسکتا ہوں۔''

تو پھر ہاجو آپا۔'' میں نے پھر چونکا دینے والا سوال کیا۔

ہاجو میری ہے۔ میں اُس کے بغیر زندہ نہیں رہ سکتا۔ یہ سچ ہے مگر ہاجو بھی کسی اور کے پاس خوش نہ رہے گی۔ وہ قطعی سنجیدہ تھے۔

مجھے انو میاں کے اس دعوے پر گدگدی کا دورہ پڑا۔

گاؤں میں یہ خبر ہیضہ کی طرح پھیل گئی کہ انو میاں ہاجو پر فدا ہیں۔ جب یہ خبر جاگیردار کے کانوں تک پہنچی تو کھیا کی شامت آگئی۔ جاگیردار نے کھیا کو بلا کر خوب ڈانٹا۔ گھر میں آگ لگوا دینے کی دھمکی دی۔ کھیا کا سارا نزلہ انو میاں پر اترا۔ باپ کی گالیاں سن کر انو میاں کو پہلی بار غصہ آیا اور خود اعتمادی نے انگڑائی لی، غصے میں دانت پیستے تن تن کرتے اندھے کنوئیں کی جگت پر جا کے بیٹھ گئے۔ کچھ لوگ سمجھے رات کا وقت ہے کنوئیں میں کود پڑیں گے۔ کچھ کہنے لگے اب گاؤں نہ لوٹیں گے۔ مگر انو میاں کافی رات گئے چوپال پہنچ گئے۔ چھ دنوں چوپال میں پڑے بیڑیاں پھونکتے رہے۔ اور کئی دنوں بعد پہلی بار اس دن نکلے جب ہاجرہ آپا کی ڈولی رخصت ہو کر جانے لگی۔ جب ڈولی گاؤں کی حدود پار کر گئی تو میں انو میاں کے ساتھ تالاب کے کنارے کنارے نکل گیا، جہاں پانی کی سطح پر پالتو بطخیں قیں قیں کر رہی تھیں اور سنگھاڑے کے پتے تیر رہے تھے۔

''ہاجو آپا کی شادی ہو گئی۔'' میں نے آہستہ سے کہا۔

''یہ سب کیوں ہو گیا۔'' انو میاں بولے یہ سلسلہ کیوں ہو گیا۔ کیا مجھے محبت کرنے جینے اور

مرنے کا بھی حق نہیں۔ میں نے اپنی زندگی سے بھی اتنا پیار نہیں کیا۔ لیکن گاؤں والوں نے میرے ساتھ انصاف نہیں کیا۔ کاش مجھے موت آجاتی......''!

میرا دل چاہا کہ میں انومیاں کی مضحکہ خیز صورت گاؤں کے تمام لڑکوں کو دکھادوں، تاکہ وہ بھی اس تفریح میں شریک ہوسکیں لیکن مجھے اس کا افسوس تھا کہ اب ہاجو آپا کے نام پر انومیاں سے تحفے اور مٹھائیاں نہ مل سکیں گی۔ لیکن یہ انومیاں کی آخری تقریر تھی۔ اس کے بعد انو میاں ایک دم گاؤں سے غائب ہوگئے اور پھر نہ لوٹے۔ لوگوں کا خیال تھا کہ کنوئیں یا تالاب میں ڈوب مرے۔ بعض کا خیال تھا کہ بمبئی چلے گئے۔ وہاں فلم ایکٹر ہوجائیں گے۔ لیکن یہ حقیقت تھی کہ انو میاں گاؤں سے ہمیشہ کے لئے چلے گئے تھے، اور چوپال ویران ہوگئی تھی۔

پت جھڑ بیت گئی اور پیڑوں میں ہری ہری کونپلیں پھوٹ آئیں تو ہاجو آپا بھی سُسرال سے واپس آگئیں میں شام کے وقت کوٹھی کی چھت پر پتنگ اڑا رہا تھا کہ زرق برق جوڑے میں لدی پھندی، سہاگ کی خوشبو لنڈھاتی ہاجو آپا میرے پاس آگئیں۔ کچھ دیر یوں ہی کھڑی رہیں پھر بولیں۔

''کیوں ــــ یہ چوپال بند کیوں رہتی ہے؟'' میں نے اُن کی طرف غور سے دیکھا۔ اُن کے چہرے پر کوئی تاثر نہ تھا۔ غم خوشی یا تعجب سے ان کا چہرہ بالکل صاف تھا۔

''ہاجو آپا۔'' میں سنجیدہ ہوگیا۔'' اب یہ چوپال بند رہے گی، کیونکہ چوپال کا راجہ گاؤں چھوڑ گیا۔''

میں ہاجو آپا کی طرف دیکھ رہا تھا، پتنگ کی تنی ہوئی ڈور میرے ہاتھوں میں ڈھیلی ہوگئی تھی ــــ اور کٹی ہوئی پتنگ فضا میں ہچکولے کھارہی تھی، لیکن میں صرف ہاجو آپا کو دیکھ رہا تھا، جن کی آنکھوں سے آنسوؤں کے سوتے پھوٹ نکلے تھے۔ اور میدے جیسے سفید چہرے پر اُداسی اور اضمحلال کے سرمئی بادل چھاگئے تھے۔ وہ نڈھال ہوگئیں تھیں جیسے طوفان کا مقابلہ کرتے کرتے ایک دم کشتی کے تختے الگ ہوگئے ــــ میں نے کٹی ہوئی پتنگ کی طرف دیکھا جو اَب بیٹھ رہی تھی ــــ ہاجو آپا مسلسل روئے جارہی تھیں۔

☆☆

اشفاق احمد

قصاص

شام کے ٹھیک پانچ بجے موبے کلیام سے چل کر جب دونوں بھائی پتوکی پہنچے تو ساڑھے پانچ بج چکے تھے اور سردیوں کی شام گہری ہونے لگی تھی۔ انہوں نے سیون اپ کی ایک ایک بوتل میں آدھی آدھی چمچی کالے لون کی ڈالی۔ اور بوتل کے منہ پر انگوٹھا رکھ کر اسے اپنے اپنے منہ میں جکڑ بند کرلیا۔ دونوں بھائیوں نے ابلے ہوئے پانی کا ایک قطرہ بھی باہر نہ نکلنے دیا اور بڑی صفائی کے ساتھ اپنی اپنی بوتل پی گئے۔

اصل میں سابو اور دینوں دونوں سگے بھائی نہیں تھے۔ چاچے اور تائے کی اولاد تھے اور دونوں میں سگے بھائیوں سے بھی زیادہ پیار تھا۔ ایک سے رنگ کے کپڑے پہنتے۔ ایک جیسی پگڑی باندھتے۔ دونوں پھٹی جوتی اور لانگڑ کھینچ کر چادر پہنتے تھے۔ دونوں ہونٹوں پر ملائی مل کے......، آنکھوں میں لال سرمہ ڈالتے تھے۔ اور دونوں موبے کلیام کی ایک ہی عورت کے عاشق تھے۔ یہ عورت ذات کی بورَن تھی اور سانڈے کا تیل بیچتی تھی۔ سردارنیوں کی مالش کرتی تھی۔ اور سرداروں سے مالش کرواتی تھی۔ سابو اور دینو اُس کو بہت اچھا جانتے تھے اور اس کی وجہ سے ان کے دل میں کوئی میل نہیں تھا۔ ویسے بھی اُن کے دلوں میں دوئی نہیں تھی۔ اور یہی وجہ تھی کہ اُن کی دوستیاں اور دشمنیاں سانجھی تھیں۔ دوستی تو خیر ان کی ایک ہی تھی اور آپس کی تھی۔ لیکن دشمنیاں کافی تھیں۔ اسی لئے وہ سفر میں اور حضر میں ایک نوبر نوگولا ہر وقت ساتھ رکھتے تھے۔ اور یہ گولا ایک کلاشنکوف ہمیشہ اپنے ساتھ رکھتا تھا اور تینوں ایک ہی وقت میں ایک ہی لینڈ روور میں سفر کرتے تھے۔

جس شام وہ پتوکی سے لاہور کی طرف چلے تو راستے میں میل بھر کے ٹوٹے پر بارش ہوئی۔ پھر

موسم بالکل صاف سابو نے دینو سے کہا۔تایا غلام غوث کبھی کبھی کرتار سنگھ بلٹو پیسے کا قصہ سنایا کرتے تھے۔تو سماں باندھ دیتے تھے۔"

"ہو گیا" ۔دینو نے کہا۔"ابے نے مجھے اور بھائی کرم داد کو صرف دو مرتبہ یہ قصہ سنایا تھا لیکن تمہارے گھر آ کر وہ اکثر اُس کا ذکر کیا کرتے تھے۔اصل میں اُن کو اپنی اولاد سے زیادہ اپنے بھائی کے بچوں سے پیار تھا۔"

سابو نے کہا"خیر یہ حقی سچی بات ہے۔تایا غلام غوث ہم سب سے بڑی محبت کرتے تھے اور یہ محبت ہمارے ابے کی وجہ سے تھی۔اُن کو اپنا چھوٹا بھائی اپنے بیٹوں سے پیارا تھا۔"

دینوں نے اپنے چچازاد بھائی کے کندھے پر زور سے ہاتھ مارا اور اونچی آواز میں ایک واہیات قسم کا نعرہ لگا کر بولا۔"یہ ساری محبت کی کھیتیاں ہیں جن کو عشق کے پانی سیراب کر رہے ہیں بھائی! پر آگے کا علم نہیں کہ ہماری اولادوں میں بھی ایسی محبت رہتی ہے کہ نہیں۔"

"ضرور ضرور" پیچھے بیٹھا ہوا گولا بولا۔"جن کے بڑوں میں محبت ہوتی ہے ان کے چھوٹے بھی عشق کے جھونٹے لیتے ہیں۔"

سابو نے کہا۔"اوئے داریا! تمہارے گھرانے میں بھی کبھی ہوئی ایسی محبت، ہم بھائیوں جیسی؟ یا ہمارے وڈکوں جیسی یا ہمارے پرانے پرکھوں جیسی جب ہم ابھی مسلمان بھی نہیں ہوئے تھے۔"

دارا کچھ شرما سا گیا۔اور بھاگتی ہوئی لینڈرروور کے باہر دیکھ کر بولا۔"میرے دوناناؤں میں ایسی محبت ضرورت تھی پر میں نے اُن کو دیکھا نہیں۔"

دینوں نے چنک کر کہا۔"لکھ لعنت اوئے داریا! کبھی نانا بھی کسی کی جدّ پشت میں شمار ہوا ہے۔ نانکے بھی شجرے کھتونی، جمع بندی میں آئے ہیں کبھی! دادے لوگاں کی بات کر۔اونچے، لمبے سور میاں کی۔نانا کوئی رشتہ نہیں ہوتا۔"

دارا نے کلاشنکوف پر پھونک مارتے ہوئے ہولے ہولے سے کہا۔"ٹھیک ہے بھئی چوہدریا ٹھیک ہے۔جدّ پشت میں تو آخر تک دادے کا لہو اور دادے کی رت ای چلتی ہے۔نانا تو پہلے ہی

سٹیشن پر اُتر جاتا ہے۔''

دونوں بھائی ہنسنے لگے تو آگے پھر میل بھر کا دھواں دھار ٹوٹا آ گیا۔ بارش ہوئی نہیں تھی۔ پر تُلی کھڑی تھی۔ کالا سیاہ سمندر، بڑی ساری پکھال میں بھرا درختوں سے اُوپر چھلک رہا تھا اور کسی بھی گھڑی اُس کے پھٹ جانے کا اندیشہ تھا ــــ لاہور ابھی کافی دور تھا۔

سابو نے کہا۔ ''میرا تایا سنایا کرتا تھا کہ ایسی ہی کالی رات تھی اور اسی طرح آسمان نے مینہ کا پرنالا روک رکھا تھا۔ جب بجن سنگھ پلٹوہے کا بیٹا کرتار سنگھ گھر سے روانہ ہوا ہے۔ ماں نے کہا بھی کہ کا کا کل سویرے چاہے منہ اندھیرے نکل جانا۔ پر اس وقت نہ جا۔ بوند بارش کا موسم ہے، جھڑی لگ گئی تو راستے میں ایک ہی بیڑ ہے۔ وہاں رک بھی گیا تو تیری گھوڑی نہیں اٹکے گی۔ چار پھنیر ناگوں کی راجدھانی میں بڑے بڑے راٹھ گھوڑے نہیں ٹھہر سکے۔ تیری گھوڑی تو پھر ابھی اکھڑ بچھڑی ہے، بدک کر تیری...... جانگھوں سے نکل جائے گی۔ کل سویرے سویرے چلے جانا اور دوپہر سے پہلے پہلے اپنے ماما کے پاس پہنچ جانا۔ کرتار سنگھ نے اپنی ماں کی بات سنی ان سنی کر دی اور کالی ٹٹنی پر کاٹھی ڈال کر لمبے پینڈے کے لئے تیار ہو گیا۔''

سابو نے کہا۔ ''میں نے کرتار سنگھ کی تصویر دیکھی تھی اس میں وہ موت کے گولے میں موٹے سیکل چلانے والے کی ساتھی لڑکی نظر آتا تھا۔ منہ پر ہلکی ہلکی داڑھی جو کانوں کے پاس جا کر گہری ہو گئی تھی۔ آنکھوں میں سرمہ پگڑی کے اوپر کھانڈے کے نشان، ہونٹ بہت ہی باریک اور ناک بالکل باریک اور چھوٹی تھی۔ تایا جی بتایا کرتے تھے کہ وہ اپنے ڈولے پر زنجیری باندھ کر اور ڈولا پھلا کر زنجیری توڑ دیتا تھا۔ گدھے پر اپنا ہاتھ رکھ کر اور پورا زور ڈال کے گدھے کو دھرتی پر بٹھا دیتا تھا۔ زمین سے اُچھال کر درخت کے بڑے سے ڈالے میں لٹک کر اُسے اپنے ایک ہی جھکورے سے کڑاک سے توڑ دیتا تھا۔ اور نیزہ بازی میں سارے علاقے میں کوئی اس کا جوڑ نہیں تھا۔

کرتار سنگھ پلٹوہے کی گرجی گراں کے دیدوں کی لڑکی سے یاری تھی جس کو سوائے اُس کے جانی یار گلزار کے اور کوئی نہیں جانتا تھا۔ ویسے اُس کی ماں بھی اس بھید سے واقف ہو گئی تھی۔ کہ اس نے

ایک مرتبہ کرتار کے کپڑے دھوتے ہوئے جب اُس سے بنفشے، عقر قرح، شر ینہہ کے بیجوں اور ملٹھی کی خوشبو آئی تو اس نے پوچھا۔ ''سچ بتا کرتار یا دہ کون ہے جس کو تو چھیاں ڈالتا رہتا ہے۔ اس نے پکا سامنہ بنا کر کہا مجھے گورو کی سونہہ بے بے، کوئی بھی نہیں۔ گلزار تو اینویں ای بونگیاں مارتا رہتا ہے۔ ماں نے کہا۔ ''وے نکر میاں مجھے تو اُس نام بتادے تو کرتار نے پھر گورو کی سونہہ کھا کر کہا۔'' کوئی ہو تو اُس کا نام بتاؤں بے بے تو تو ویسے ہی وہموں میں پڑ جاتی ہے۔''

سابو نے کہا۔ ''ویدوں کی اُس لڑکی کا نام منور ما تھا۔''

دینو نے پوچھا۔ ''تجھے کس نے بتایا؟'' تو سابو دو ہاتھ منہ پر مل کر بولا۔ ''میں نے بہت سنی ہے یہ کہانی تایا جی سے۔'' ___ ''پر تجھے یہ تو پتہ نہیں ہوگا کہ کرتار سنگھ پلّو ہے کو مارا کس نے تھا؟''

''اس کا تو کسی کو بھی علم نہیں ویر جی۔'' سابو نے کہا۔ ''چھ بندے پکڑے گئے تھے۔ پانچ بری ہو گئے تھے اور ایک کو سشن بول گئی تھی۔ وہ بھی ہائیکورٹ سے بری ہو گیا تھا۔''

دینوں نے کہا۔ ''اُس برکھا بھری کالی رات میں جب بیڑ کے اندر ویریوں نے کمند پھینک کر کرتارے کو گھوڑی سے گرایا ہے تو کالی نٹنی الف ہو گئی، اُس نے اپنی دونوں اگلی ٹانگیں آسمان تک اُٹھا کر ویریوں پر حملہ کیا۔ لیکن وہ بچ گئے اور کرتارے کے ہردے میں برچھی گاڑ کر وہاں سے بھاگ گئے۔ اس کالی سیاہ اندھیری رات میں کالی سیاہ مشکی گھوڑی جب بھری بارش میں ننگ دھڑنگ واپس گھر پہنچی تو کرتار کی ماں چیخ مار کر اُٹھی کہ میرے کرتارے کی نٹنی برباد ہو گئی لوگو۔ اس کا کلغی والا مارا گیا۔ شاہ جوان کواری کی عزت لُٹ گئی۔''

اچانک موٹر کے اگلے پہیئے زور سے اُٹھے اور دھپ سے نیچے گرے۔ پیچھے بیٹھا گولا اپنی سیٹ سے اُچھلا اور چھت سے ٹکرا کر اپنی سیٹ آ گرا۔ دینوں نے کہا۔ ''کوئی بہت ہی ظالم سپیڈ بریکر تھا۔ میرے ہاتھ سٹیرنگ پر نہ ہوتے تو میں تو کھڑکی سے باہر نکل گیا تھا۔''

''لیکن لانگ روٹ کی مین سڑک پر آج تک کوئی سپیڈ بریکر بنا نہیں۔ یہ کچھ اور تھا۔''

''میرا بھی یہی خیال ہے چوہدری جی۔'' گولے نے تائید بھرے لہجے میں کہا۔

دینو بھی سوچ میں ڈوب گیا کہ اگر یہ سپیڈ بریکر نہیں تھا تو پھر لینڈ روور اچھلی کیوں اور لمبے روٹ پر چونکہ سپیڈ بریکر بنے نہیں ہوتے پھر گاڑی الف کیوں ہوئی اتنے زور سے اچھلی کیوں!''
سابو نے کہا۔'' جب کرتارے کی موت کے ایک سال بعد اس کی ماں ے مشکی گھوڑی بیچ دی تو گاؤں والوں نے گھوڑی کو جاتے وقت روتے دیکھا۔ وہ خریدنے والے کو اچھی طرح سے جانتی اور پہنچانتی تھی کہ وہ کرتارے کا بچپن کا دوست تھا لیکن کالی نٹنی نے اسے اپنے گاؤں کے اندر سوار ہونے نہ دیا۔ جب وہ بستی کی حد سے باہر ہو گئے تو گھوڑی نے اپنی تھوتھنی گورنام کے کندھے پر رگڑ کرأسے سوار ہونے کی دعوت دی اور وہ ڈرتے ڈرتے اپنے یار کی گھوڑی پر سوار ہو کر اپنے چک کی طرف روانہ ہو گیا۔
''لاہور کتنی دور رہ گیا جی؟'' کلاشنکوف والے گولے نے پیچھے سے پوچھا۔ تو دینوں نے گردن ہلائے بغیر جواب دیا۔'' پچیس میل''......
سابو نے کہا۔'' بڑا لمبا مقدمہ چلا۔ بے بے نے پورا رقبہ بیچ کر بیٹے کے قاتلوں کی ساری گردنیں پھندوں میں پھنسادیں لیکن پانچ صاف بری ہو گئے اور چھٹے کو شُشن بول گئی۔''
وہ بھی ہائی کورٹ میں بری ہو گیا۔'' گولے نے ہنکارا ابھرا تو سابو نے اپنے چچازاد بھائی سے کہا۔ ویرجی پورے چھ سال تک کرتارے کی مشکی گھوڑی نٹنی گورنام کے پاس رہی۔ لیکن کبھی کھلی نہیں۔ ویسی نہیں رہی جیسے اس عمر کی الھڑ بچھیریاں رہا کرتی ہیں۔ بُجھ سی گئی اور سردیاں گرمیاں گہرے سلیٹی رنگ کا جھولا پہن کرہی سارا وقت گزار دیا۔ گورنام پٹی چھوڑتا بھی تھا اور ایڑی بھی لگاتا تھا۔ لیکن وہ دُلکی سے آگے نہ بڑھی۔ پوئیاں یا سرپٹ کے لئے اُس کا دل ہی نہیں مانا۔ دھمالی چلتی یار ہوار، منزل پر پہنچا دیتی لیکن کبھی سر اُٹھا کر گردن کو کمانچہ نہیں بنایا۔ دل گرفتہ سی جاتی اور ویسی ہی سرنہاد وہ واپس آجاتی۔ گورنام کو اُس کے اندر کا دکھ معلوم تھا اس لئے اس نے مشکی سے کبھی کوئی تقاضا نہیں کیا۔''
''گھوڑے کو، کتے کو، اور بھورے تیتر کو اپنے مالک کا بہت دکھ ہوتا ہے۔'' دینو نے کہا۔ لیکن

سابو نے اُس کی بات کی طرف کوئی توجہ نہ دی۔ وہ اُس وقت تک اپنے تائے غلام غوث کے روپ میں اُترا ہوا تھا۔ اور فتح چوڑیاں پہنچ چکا تھا جسے اُس نے آج تک نہیں دیکھا تھا۔ سابو نے کہا۔ "پورے چھ سال بعد جب گورنام کالی نُتی پر سوار چک میں داخل ہوا تھا۔ اور دو سانڈنی سوار اپنے بوتے کی مہار پکڑے نیائیں کے کھنگروں پر پیدل چل رہے تھے۔ کالی نُتی اتنے زور سے ہنہنائی کہ گورنام کی گرفت زین پر ڈھیلی ہو گئی اپنا راستہ چھوڑ کر اور دونوں کنوتیاں دبا کر نُتی چیتے کی طرح سنائیں میں جنائی تو گورنام اس کی پیٹھ سے اُچھل کر راستے کی موٹی دھول میں گر گیا اور اس کی تہمد کھل گئی۔

مشکی نُتی دوسری جست میں پیدل چلتے سانڈنی سواروں کے سامنے پہنچ گئی۔ اُس نے دونوں پچھلے سموں پر اپنا پہاڑ جیسا بدن تول کر بائیں طرف کمر لچکائی اور دائیں طرف گردن میں خم ڈال کر آسمان بھر اونچی اگلی ٹانگوں کے ساغری سم جوڑے سامنے والے شخص پر تین ٹن کا دوموہا ہتھوڑا چلا دیا۔ ایک دو تین اور جب اُس نے گرے ہوئے شخص کے سر پر چوتھا وار کیا تو اس کا بھیجا دور دور تک پھیلے کھنگروں سے جا کر چپک گیا۔ دوسرا آدمی اونٹ کی مہار چھوڑ کر بھاگا تو نُتی کی مہیب آواز نے اُس کے قدم پتھرا دیے۔ نُتی کے پہلے ہی وار نے اس کی ریڑھ کی ہڈی کے دو ٹوٹے کر دیے۔ اور وہ مفلوج ہو کر کھنگروں پر لیٹ گیا۔ پھر نُتی ہنہناتی رہی اور سموں کے وار اُس کی ریڑھ کو ریزہ ریزہ کر کے توڑتی رہی۔ اونٹ کی مہار اُس کے ٹیڑھے نتھنے سے ملگجی دھار کی طرح سیدھی زمین پر اُتر رہی تھی۔ اور وہ اطمینان سے کھڑا جگالی کر رہا تھا۔"

لینڈ روور کے انجن سے چنگیز خان کے لشکر کی ایک خوفناک صدا بلند ہوئی اور تقریباً تمیں ہارس پاور کی ٹاپ نے اندر ایک کھڑ و بتی سی مچا دی۔ دینوں نے چیخ کر کہا۔ "ویر جی ٹائی راڈ ٹوٹ گیا۔"

ایک دم بریک لگا کر جب تینوں نے نیچے اتر کر دیکھا تو سب کچھ ٹھیک ٹھاک تھا اور انجن اپنے نیوٹرل میں بڑی شائستگی کے ساتھ رہا تھا جب سب واپس آ کر اپنی اپنی سیٹ پر بیٹھے تو ہر ایک نے شکر ادا کیا کہ ٹائی راڈ صحیح سلامت ہے اور انجن اپنی فل پاور میں چل رہا ہے لیکن سب حیران ضرور

تھے کہ وہ آواز کیسی تھی اور کہاں سے آئی تھی اور اس کا چنگھاڑ سے اور میدان حرب کے گھوڑوں کی آواز سے کیسا تعلق تھا پر یہ ایسی توجہ طلب بات نہیں تھی۔

اب لاہور قریب آ گیا تھا۔ اور ان کے سامنے دو راستے تھے کہ وہ نہر کنارے یونیورسٹی کیمپس والے راستے سے گلبرگ جائیں یا وحدت روڈ پکڑ کر فیروز پور روڈ کے پل پر پہنچ جائیں۔ سالو نے کہا۔'وحدت روڈ ٹھیک ہے۔'' لیکن جب وہ وحدت روڈ پر اقبال ٹاؤن کے دہانے کی سرخ بتی پر رُکے تو عین ان کے سامنے ایک تیز رفتار موٹر سائیکل نے رک کر کلاشنکوف کی ایک لہراتی ہوئی افقی باڑھ ماری۔ اُسے جلدی سے دہرایا اور پھر لینڈ ررووَر کی تیز اور چمکدار بتیوں کے سامنے سے تیزی سے نکل گئے۔

دینو اور سابو جنھوں نے مشکل سے علامہ اقبال کے کمال فن کی بات کر کے اُن کے خوابِ پاکستان کا ذکر شروع کیا تھام دیکھتے دیکھتے ہمیشہ کے لئے میٹھی نیند سو گئے۔ پچھلی سیٹ پر جو گولا کلاشنکوف سنبھالے بیٹھا تھا وہ ہسپتال جا کر ختم ہو گیا اور اور اُن کی موٹر کو اُسی مقام پر سڑک کے کنارے روک کر پولیس نے تفتیش شروع کر دی۔ کچھ فٹے اور پیمانے لے کر سڑک ناپی گئی اور کچھ موٹر کا قد بُت ناپا گیا۔ اُس کے بعد موٹر کے اندر سے فنگر پرنٹ اور باہر سے اُس کے فوٹو اتارے گئے۔ ڈی آئی جی صاحب کے حکم سے ایک سپاہی کی ڈیوٹی موٹر کے پاس لگ گئی۔ اور وہ اپنی پرانی وضع کی رائفل لے کر ڈیوٹی پر کھڑا ہو گیا۔ اگلے روز صبح سویرے پولیس کے چھوٹے بڑے افسروں کے ہمراہ کوئی پندرہ بیس سپاہیوں کی نفری وہاں جمع ہو گئی۔

اخباروں میں تین کالمی سرخی سے یہ خبر شائع ہوئی تھی اور اس میں دینوں اور سابو خاندان کے اُس موروثی جھگڑے کا مذکور تھا جس میں مخالف پارٹی کے تین آدمی ابھی تک جیل میں تھے۔

لینڈ ررووَر دیوار کے ساتھ لگا کر کھڑی کر دی گئی تھی اور اس کے پہیوں کے آگے ایک ایک اینٹ رکھ دی گئی تھی۔ سہالہ سے دو ایکسپرٹ آ رہے تھے۔ اور ڈی آئی جی صاحب کے خصوصی تعلقات کی بنا پر اس واردات کی بڑی گہرائی گیرائی کے ساتھ تفتیش ہونی تھی۔ موسم کی خرابی کے

باوصف ایک فلمی آرمڈ سپاہی ہر وقت گاڑی کے باہر ڈیوٹی پر موجود تھا۔ سارا دن گزر چکا تھا لیکن ابھی تک کوئی گرفتاری عمل میں نہیں آسکی تھی۔ پولیس جگہ جگہ چھاپے مار کر طرح طرح کے مال برآمد کر رہی تھی لیکن انھوں نے ابھی تک ایک بھی مشتبہ شخص گرفتار نہیں کیا تھا۔ اخبار والے البتہ چھبیس کے قریب مشتبہ اشخاص بے نقاب کر چکے تھے۔ لیکن چونکہ ہر ایک کے نام کے ساتھ مبینہ لگا ہوا تھا اس لئے کسی کو بھی گرفتار نہیں کیا جا سکتا تھا۔ مجرم دندناتے پھر رہے تھے۔ جب رات کے بارہ بجے اور فلمی آرمڈ باوردی سپاہی قریبی کھوکھے پر جا کر سیدھی کرنے کو لیٹ گیا تو دونوں مجرم اپنی دوسری نئی موٹر سائیکل پر ننگے منہ اور ننگے سر، بغیر کسی ہتھیار کے دندناتے ہوئے نکلے اور لینڈ روور سے ذرا دور صورت حال کا جائزہ لینے کے لئے دندنانے لگے۔ انہوں نے دیکھا کہ وہاں کوئی بھی موجود نہیں۔ وہ آن ڈیوٹی سپاہی جس کا ذکر انہوں نے اخباروں میں پڑھا تھا۔ اپنی جگہ پر موجود نہیں تھا۔ آدھی رات کا ٹریفک اپنے روزانہ معمول کے مطابق چل رہا تھا۔ اور وحدت روڈ پر خاصی چھل پہل تھی۔

دونوں مجرم حوصلہ کر کے گاڑی کے قریب آگئے اور اُس جگہ کا جائزہ لینے لگے تھے۔ جہاں کھڑے ہو کر انہوں ریپڈ فائر کئے تھے اور اپنے مشن میں سو فی صد کامیاب ہو کر گھر واپس گئے تھے۔

رات کا سماں تھا۔ اونچی اور مدھم سٹریٹ لائٹیں۔ قاتلوں کے چہرے پر شیطنت۔ ساتھ ہی تحقیر اور خود بینی و خود رائی کے تاثرات، آنکھوں میں شرارت اور لبوں پر مسکراہٹ تھی۔ قاتلوں کو اتنا قریب، اس قدر پرسکون اور ایسے گھمنڈی اور مغرور دیکھ کر لینڈ روور کی آنکھوں میں خون اُتر آیا۔ اور اُس کی بتیاں ایک دم روشن ہو گئیں۔ پھر اُس نے فرسٹ گیئر میں ایک سو بیس میل کی سپیڈ پر اپنے آپ کو اُبھار اور اینٹوں پر سے اُچھل کر جمپر جوڑ کے گورے قاتل کو ٹکر ماری جو کچھ دیکھے، سوچے، بولے بغیر وہیں ڈھیر ہو گیا۔ دوسرے نے بھاگنے کی کوشش کی، تو موٹر نے تھوڑا سا پیچھے ہٹ کر اور بائیں طرف گھوم کر بھاگتے قاتل کو زور کی ایک سائیڈ ماری اور اُسے زمین پر گرا دیا۔

اُس نے اُٹھنے کی کوشش کی تو لینڈ رودور نے اپنا اگلا اور پچھلا پہیہ اُس پر سائن کی طرح چلا دیا۔ ریڑھ کی ہڈی کا چورا کرنے کے بعد اُس نے اندھے لیٹے ہوئے بیہوش قاتل کا پنجر توڑنا شروع کیا۔ اور جب تک اُس کی پسلیوں کی چھوٹی چھوٹی گنڈیریاں نہیں بن گئیں، لینڈ رودور اپنے اگلے پہیوں کی آری اسی طرح سے چلاتی رہی۔ بہت سے لوگوں نے اس منظر کو خود اپنی آنکھوں سے دیکھا لیکن کوئی بھی کچھ سمجھ نہ سکا۔ بھاگنے والے خوفزدہ جوڑے ایک دوسرے سے باتیں کرتے ہوئے یہی کہتے جارہے تھے کہ حادثہ نہیں ہے کوئی پرانی دشمنی ہے ورنہ اندر بیٹھا ہوا ڈرائیور اس طرح سے کچوکے دے دے کر کیوں مارے۔ صبح جب ڈی آئی جی صاحب اپنے تفتیشی عملے کے ساتھ موقع واردات پر آئے تو لینڈ رودور اُسی طرح سے اپنی جگہ پر کھڑی تھی، اور اس کے پہیوں کے آگے ایک ایک اینٹ بدستور رکھی ہوئی تھی۔ انہوں نے موقع پر موجود محافظ سنتری سے پوچھا تو اُس نے قرآن کی قسم کھا کر کہا کہ میں تو ایک منٹ کے لئے بھی اپنی جگہ سے نہیں ہلا۔ صرف ایک پیالی چائے پینے گیا تھا۔ اور اسی عرصے میں یہ سارا کھیل ہو گیا۔

ڈی آئی جی نے پوچھا۔ ''اور یہ موٹر چلا کون رہا تھا؟''

سپاہی نے ہکلاتے ہوئے کہا۔ ''جناب عالی! میرے ہوتے ہوئے تو کوئی بھی اُس کے اندر داخل نہیں ہوا۔ یہ سب کچھ تو بعد میں ہوا۔''

''اور اُس کی چابیاں کہاں تھیں۔'' انھوں نے کڑک کر کہا۔

''چابیاں میرے پاس تھیں جناب عالی میری برانڈی کی جیب کے اندر۔''

''تو پھر کس طرح سے موٹر سٹارٹ ہو گئی۔''

''پتہ نہیں جناب عالی۔ میں خود حیران ہوں۔''

''تم کو سوائے حیران ہونے کے اور کچھ آتا بھی ہے۔'' ڈی آئی جی صاحب نے غصے سے پوچھا۔ ''کس نے تمہاری ڈیوٹی لگائی تھی یہاں؟''

''منشی شیر دل نے جناب عالی!''

’’سبھی گولی کے لائق ہو۔‘‘ ڈی آئی جی صاحب نے تیوری چڑھا کر کہا۔’’ کیا منشی اور کیا بے منشی!‘‘

مکینک جو بونٹ کھول کر اندر انجن کا مطالعہ کر رہا تھا۔ گردن باہر نکال کر بولا۔ سر جی ویسے تو کچھ خاص سمجھ نہیں آیا، لیکن ایسا لگتا ہے کہ بیٹری ارتھ ہوگئی اور اگنیشن آن ہوگئی۔ اگنیشن آن ہوئی تو گاڑی خود بخود اسٹارٹ ہوگئی۔ اسٹارٹ ہوئی تو گیئر میں ہونے کی وجہ سے چھرپا مار کر آگے بڑھی اور پھر سب کو لپیٹتی ہوئی چلی گئی۔‘‘ مکینک کی یہ بات سن کر گاڑی بہت مسرور ہوئی۔ اور اُس کے کار بریٹر سے ہلکی سی آواز آئی۔’’اوئے روئیں اپنی مکینک گیریوں کو گدھے، کبھی موٹر اس طرح سے بھی اسٹارٹ ہوئی ہے!‘‘

☆☆

بشریٰ رحمان

ٹوٹا ہوا آدمی

اتنا شاندار دفتر، یہ بڑی کار، اوپر سے نیچے تک ایک مستعد عملہ، اچھی شہرت ـــــ اور رہنے کے لئے ایک خوبصورت، آرام دہ گھر۔

ایک آدمی کے کریئر کی یہی انتہاء ہوتی ہے۔ ابتداء وہ کہیں سے بھی کرے۔

جبران علی نے بھی بڑی کڑی مسافت طے کی تھی۔ یوں سمجھئے کہ پاؤں پاؤں چلتا اور آبلے پھوڑتا وہ اس مقام تک آیا تھا۔

پہلے پہل جب یونیورسٹی سے فارغ ہوتے ہی اس نے سی ایس پی کا امتحان دیا تھا تو اس کے سامنے کئی راستے تھے۔ ابا کی دواؤں کی دوکان پر بیٹھ جاتا۔ مزید تعلیم کے لیے باہر چلا جاتا۔ کالج میں لیکچرار ہی رہتا۔ کیونکہ وہ اپنی کلاس میں اول آیا تھا۔ اور کالج کی لیکچراری تو اُسے یوں ہی بن مانگے مل گئی تھی۔ بن مانگی شے کی کبھی قدر نہیں ہوتی۔ اس لیے اس نے سی ایس پی کا امتحان دے ڈالا۔ اسے لگ رہا تھا سی ایس۔ پی وہ ستاروں بھرا راستہ ہے جو چاند سورج تک پہنچا دیتا ہے۔ ایک بار آدمی اس راستے پر چل پڑے تو منزل تک پہنچنے کے گر اسے خود بخود آ جاتے ہیں۔ یا شادی ڈی۔ سی اور کمشنر کی کوٹھیوں پر جوتے چٹخاتے رہنے سے کرسی اس کی کمزوری بن گئی تھی۔ ایسی کمزوری جو خنجر کی نوک بن جاتی ہے۔ خواہشوں کی قبا پھاڑ ڈالتی ہے۔ کرنا خدا کا یوں ہوا کہ وہ اس امتحان میں بھی اول آیا اور قسمت نے اسے اس راستے پر ڈال دیا۔ جسے وہ کریئر کی کہکشاں کہا کرتا تھا۔

ملازمت ملتے ہی اس نے اپنی ایک پرانی کلاس فیلو سے شادی کر لی۔ جس سے وہ عشق تو ہمیشہ

سے کرتا تھا۔ مگر اس کے باپ کی جھنڈے والی گاڑی سے ڈر کر کبھی بات کرنے کی جرأت نہیں کرتا تھا۔

دونوں مرادیں ایک ساتھ بر آئیں۔

اور وہ زندگی کی کہکشاں پر قدم قدم آگے بڑھنے لگا۔

آگے اور آگے...... آگے بڑھنے کی لگن اگر چہ بہت اچھی ہے۔ مگر اس میں دو چار بڑے سخت مقام آتے ہیں۔

ایک سخت مقام کچھ ایسا آیا کہ اس کی سختی کا وہ مقابلہ نہ کر سکا۔ بہت دنوں تک وہ اپنے دل کی آواز کو دبا کر ضمیر کے شعلوں کو ہوا دیتا رہا۔ مگر اس کا اثر اُلٹا ہوا۔

جب وہ چھوٹے چھوٹے علاقوں کا بادشاہ مانا جانے لگا تو اس میں تمام تر شہنشاہی عادات سرایت کرنے لگیں۔ اس کا اس میں کیا قصور تھا؟ جہاں جاتا لوگ دوزانو ہو جاتے۔ اس کی پہچان اس کی موٹر تھی۔ اور وہ بڑی کوٹھی جس کے گیٹ پر چوب دار پہرہ دیتا نظر آتا تھا۔

اندر باہر ضرورت مندوں کا ہجوم نظر آتا۔

اور پھر لوگ تو ستم ظریف ہیں۔

خدا کی قسم اس نے کبھی عورت اور شراب کو چھونے کے بارے میں نہیں سوچا تھا۔ نہ جانے کن کی مہربانیوں سے بوتلیں بیڈروم میں گھس آئیں۔ شراب تن من میں اُتری تو ساقی گری کی لذت نے سر اٹھایا۔ ساقی آیا تو ساتھ سنگت بھی آیا۔

جام، ساقی اور سرور، تینوں نے مل کر اُسے لوٹ لیا۔

یہ سب کچھ رفتہ رفتہ زندگی کی ضرورت بنتا گیا۔ یا شاید اسٹیٹس کی علامت بنتا گیا۔ بیویاں روتی ہیں، چلاتی ہیں، دھمکیاں دیتی ہیں۔ بالآخر سمجھوتہ کر لیتی ہیں۔ کیونکہ شوہر کا اسٹیٹس اور بچوں کا مستقبل انہیں بھی عزیز ہوتا ہے۔

جب شوہر مدہوش ہو ہو کر سر محفل گانے والی کے گلے میں بانہیں ڈال دیتا ہے۔ تو وہ مسکرا

مسکرا کر اپنے آنسو ضبط کرتی ہیں۔ اور ہنس ہنس کر گانے کی داد دیتی ہیں۔ یوں تو جبران علی کے بے شمار دوست تھے۔ اور کون تھا جو اس کا دوست کہلانا پسند نہیں کرتا تھا۔ مگر جبران علی کو اچھی طرح معلوم تھا کہ اُن میں فصلی بٹیرے کون کون سے ہیں؟ لیکن اس کے پیشے کا تقاضا یہ تھا کہ پہچان کے باوجود اُنہیں قریب رکھے۔ اور اُن کے پردے رکھے۔ قربت کے باوجود کچھ دوریاں بھی رکھے۔

لیکن قدرت نے کچھ پیارے دوست بھی عطا کئے تھے۔ جن میں سے ایک سلمان شاہ بھی تھا۔ سلمان شاہ ایک پڑھا لکھا زمیندار تھا۔ اُس نے ملک سے باہر جا کر بیرسٹری کی ڈگری لی تھی۔ لیکن طبیعت میں سادگی اور درویشی کوٹ کوٹ کر بھری ہوئی تھی۔ اس لیے اپنے پیشے سے کوئی خاص فائدہ نہیں اٹھا رہا تھا۔ ہاں اُس کی ذات سے دوستوں کو خوب فائدہ پہنچا تھا۔ جبران علی کی ٹرانسفر جب سلمان شاہ کے شہر میں ہوگئی تو پرانے دوستوں کی پرانی محفلیں پھر زندہ ہوگئیں۔

جب بھی جبران علی اپنے کام سے تھک جاتا تو سلمان شاہ کے گھر آ جاتا۔ سلمان شاہ کے گھر کوئی اسے سرکار نہیں سمجھتا تھا۔ وہاں وہ ایک پیارا بھائی تھا۔ اچھا دوست تھا۔ سب لوگ فرش پر بیٹھ کر کھانا کھاتے، تاش کھیلتے، سلمان شاہ کے بچے چاچا، چاچا کہہ کر اس کے گلے میں جھولتے رہتے۔

کم از کم وہاں جا کر اسے محسوس ہوتا کہ وہ ایک انسان ہے۔ آزاد ہے۔ اور اپنی مرضی سے ہنس بول سکتا ہے اور ایک ایسی جگہ بھی ہے جہاں وہ جس عالم، اور جس حلیے میں بھی چاہے جا سکتا ہے۔ مرتبے اور وردی کو جعلی نوٹ کی طرح پرے پھینک کر۔ ہاں ایک بات کی کمی اسے محسوس ہوتی کہ سلمان شاہ کے ہاں پینے پلانے کا بندوبست نہیں تھا۔ سلمان شاہ اکثر مردوں کی طرح شادی سے پہلے پیتا ہوگا مگر اب شادی کے بعد تائب ہوگیا تھا۔ اُس کی بڑی وجہ غالباً اس کی بیوی ہوگی۔

پینے والے کسی ایک جگہ رت جگا نہیں کر سکتے جہاں بوتل کا بندوبست نہ ہو۔ رات اُترتی ہے تو اُن کے ذہن کے جنگل میں بھوت پریت واویلا کرنے لگتے ہیں۔ اور پھر جب تک کھانے سے پہلے جبران علی چسکی نہ لگالے اسے کھانے کا مزہ نہیں آتا۔ ادھر ہر شب سلمان شاہ نے اپنی بیوی

سے کہہ سن کر، جبران علی کو اپنی بوتل ساتھ لانے کی اجازت دے دی۔

''اب کوئی زہر کی گولی اپنی جیب میں رکھے یا پھانسی کا پھندا گلے میں لٹکائے رکھے، بھلا کسی کو اعتراض کیوں ہو۔ اپنی گور اپنی گردن۔ اگر ہم مہیا نہیں کرتے تو ہم گناہ میں شامل کیوں ہوں گے؟''

سلمان شاہ کے ان دلائل کو شائستہ نہیں مانتی تھی۔ وہ ایک مضبوط ارادے کی پڑھی لکھی عورت تھی۔ پتہ نہیں شراب سے کیوں متنفر تھی......؟ مگر جب جبران علی اپنی بیوی کو بھی محفلوں میں لانے لگا تو وہ بھی آ کر بیٹھنے لگی۔

سلمان شاہ کی بیوی عجیب قسم کی عورت تھی؟

کم از کم جبران علی کو تو یہی محسوس ہوا۔ اس کی صورت پر ہی لکھا ہوا تھا کہ وہ بڑی سلجھی ہوئی تعلیم یافتہ عورت ہے۔ کتنی تکلیف دہ ہوتی ہیں وہ عورتیں جن کے چہروں پر اُن کی ذہانت کی چھاپ ہوتی ہے۔ وہ محفل میں ہمیشہ چراغ کی صورت نظر آتی ہیں۔ کبھی ایک مکتب لگتی ہیں کبھی میخانہ......

اور مرد ایک طالب علم کی صورت ہوتا ہے۔ وہ جب تک زندہ رہتا ہے، عورت کے بارے میں ہر علم حاصل کرنا چاہتا ہے۔ عورت پر ریسرچ کرنا چاہتا ہے۔ عورت کو ڈھونڈنا چاہتا ہے۔ کھوجنا چاہتا ہے۔ ہر عورت اُس کو ایک ایسا جزیرہ لگتی ہے۔ جسے ابھی دریافت کرنے کی ضرورت ہوتی ہے۔ پھر وہ دریافت کا کولمبس بننا چاہتا ہے۔ گو انجام کار، اس کے ہاتھوں میں عورت کے بارے میں کوئی ڈگری نہیں ہوتی۔ خالی تھیسس لیے کھڑا ہوتا ہے۔ حتیٰ کہ اس کے تھیسس اس کے ہم جنسوں سے میل نہیں کھاتے۔

جبران علی جب بھی شائستہ کو دیکھتا۔ اُسے بڑی اُلجھن ہوتی۔ بظاہر اس میں کوئی خاص بات نہیں تھی۔ تین بچوں کی ماں تھی۔ اور ایسی ہی تھی جیسی تین بچوں کی ماں کو ہونا چاہیے۔

وہ شہر کی پڑھی لکھی لڑکی تھی۔ مگر اپنے خاوند کے ساتھ ایک چھوٹے سے قصبے میں رہتی تھی۔ قصبے میں رہنے کے باوجود اس کا گھر شہری گھروں کا اچھوتا نمونہ تھا۔ وہ فیشن کی دنیا سے دور بڑی

سادگی سے رہتی۔ مگر اس سادگی سے ایسی شعاعیں نکلا کرتی جو سچے پتھروں میں سے نکلتی ہیں۔

وہ جب محفل میں آتی تو کسی کی طرف بطور خاص نہیں دیکھتی تھی۔ نہ کسی کو مخاطب کر کے بات کرتی تھی۔ وہ سرسری انداز سے ہر ایک طرف دیکھتی جیسے اُسے دنیا میں کسی کی پرواہ نہ ہو۔ مگر جب وہ بات کرتی تو یوں محسوس ہوتا جیسے محفل میں ہر ایک کو دیکھ رہی ہے۔

وہ کبھی قہقہہ لگا کر نہیں ہنستی تھی۔ صرف مسکرایا کرتی تھی۔ مگر اس کے آگے یوں محسوس ہوتا جیسے کمرے کی ہر شے ہنس رہی ہے، قہقہے لگا رہی ہے۔ اتنے شاداب چہرے کہ جنہیں دیکھ کر قطار اندر قطار ہریالے کھیتوں کا تصور ابھرنے لگے، کم ہی دیکھنے میں آتے ہیں۔

وہ کبھی بحث میں حصہ نہیں لیا کرتی تھی۔

جب بھی ڈرائنگ روم میں لوگ اکٹھے ہوتے ہیں۔ ضرور ایک لایعنی سی بحث شروع کر دیتے ہیں۔

ٹکرانا اور سر پھوڑنا انسانی خاصہ جو ٹھہرا۔ وہ بحث کے دوران نظریں جھکائے چائے بنا بنا کر ہر ایک کو پیش کرتی تھی۔ اور پھر جب اُس کو چپ کرانا مقصود ہوتا تو اپنی رائے کا اظہار صرف ایک فقرے میں کرتی تھی۔ اس وقت یوں محسوس ہوتا کہ یہی ایک فقرہ ہر دلیل پر بھاری ہے۔ اور اب اس بھاری پتھر کو اپنی جگہ سے سرکانے کی ہمت کسی میں نہیں ہے۔

سب لوگ چپ ہو جاتے۔ تسلیم کر لیتے۔ احتراماً یا کسی خوف کے تحت۔ شاید اس کے اندر علم کی ایک نہر جاری تھی۔ یا شاید جبران علی کا محض خیال ہو یا واہمہ ہو!

ایک بات تھی۔ دونوں میاں بیوی ایک دوسرے پر جان چھڑکتے تھے۔ رفتہ رفتہ جبران علی پر انکشاف ہوا کہ سلمان شاہ کے گرد شخصیت کا یہ سارا تانا بانا اس کی بیوی نے بُنا تھا۔ ورنہ وہ شادی سے پہلے ایسا نہیں تھا۔

اب تو ایسا محسوس ہوتا جیسے شائستہ ایک مشعل ہے۔ اور سلمان شاہ اس روشنی میں آگے ہی آگے بڑھ رہا ہے۔ اسی لیے سلمان شاہ کے چہرے پر وقت کی ایک شکن بھی نہیں تھی۔ کیا مست

قلندر بنا بیٹھا تھا۔ جیسے زندگی اس کے آگے بین بجا رہی ہے اور وہ اُس پر سانپ کی طرح بیٹھا سر دھن رہا ہے۔

دوستی بڑی پیاری شے ہے۔ مگر حسد پر تو کسی کی اجارہ داری نہیں نا؟ کسی کے من کے اندر اتنی شانتی ہو۔ کوئی اس حد تک اپنے حال میں مست ہو۔ تو پھر دوسروں کو کیا تکلیف ہوتی ہے۔ وہ اپنے عزیز یا دوست ہی کیوں نہ ہوں۔

جبران علی کی گھر میں مسلسل آمد کے ساتھ ہی شائستہ اور سلمان شاہ میں بھی گھریلو قسم کی جھڑپیں ہونے لگی تھیں۔ جنہیں سلمان شاہ اپنے یار سے نہیں چھپاتا تھا۔ اور یہی بات شائستہ کو بری لگتی تھی۔ دوستی ایک طرف، اور ذاتی زندگی ایک طرف۔ عورت اور مرد کی نجی زندگی ایک ایسا مقدس راز ہوتی ہے جس میں شانہ نشیں فرشتوں کو بھی شامل نہیں کرنا چاہئے۔ لحاظ کی ایک مقدس چادر کے تلے، یہ کہانی آپ ہی آپ دوسری دُنیا میں منتقل ہو جاتی ہے۔ اور اپنے پیچھے ایک خوشبو چھوڑ جاتی ہے۔ ماں، باپ، بہن بھائی چہ جائیکہ دوست، احباب، کسی کو کیوں درمیان میں لایا جائے۔ اور تو سارے مسئلے اُن کے حل ہو چکے تھے۔ اب یہ اتنی سی بات درمیان میں آن اٹکی تھی کہ جبران علی اُن کے گھر میں بیٹھ کر پیتا تھا۔

"پینے والوں کی نگاہ بے باک ہو جاتی ہے اور اسے رشتوں کی پہچان نہیں رہتی۔" شائستہ کا اصرار تھا۔

مگر سلمان شاہ اس کا ہمیشہ مذاق اڑاتا تھا۔ وہ کہتا۔ "یہ تو پینے والے کے ظرف پر منحصر ہے۔ کیونکہ......

"جو اہل دل ہیں بڑھاتی ہے آبرو اُن کی
جو بے شعور ہیں ان کو خراب کرتی ہے!"

"اونہہ۔ شراب اور شعور کا بھلا کیا میل!" شائستہ چڑ جاتی۔

"بعض اوقات تم بالکل نیم خواندہ خواتین کی طرح بات کرتی ہو۔" سلمان شاہ کہتا۔ "مجھے

حیرت ہوتی ہے۔تمہارا سارا علم کہاں چلا جاتا ہے۔ یہ باتیں مڈل پاس اور میٹرک فیل لڑکیوں کو زیب دیتی ہیں۔''

''جی ہاں! ابھی ابھی میں اتنی ماڈرن بن جاؤں کہ شراب کو سوشل زندگی کا ایک لازمہ سمجھ لوں۔اور ڈرائنگ روم کو بوتلوں سے سجادوں۔اور ہر زید بکر کو آوارہ نظروں کی اجازت دے دوں تو پھر میں بڑی اچھی اور تعلیم یافتہ کہلاؤں گی۔ہے نا؟''

سلمان شاہ ہنس پڑتا۔

''بالکل درست کہا تم نے۔''

''تو صرف تعلیم یافتہ کہلانے کے لئے میں اپنے نظریاتی اصولوں کا خون نہیں کر سکتی۔''

''اچھا یہ نظریاتی اصول کیا ہوتے ہیں؟''

''مرداُن کے بارے میں کچھ نہیں جانتے۔'' وہ بے رخی سے کہتی تو سلمان شاہ فوراً صلح پر آمادہ ہو جاتا۔

''شائستہ!'' وہ اسے آگے بڑھ کر تھام لیتا اور کہتا۔'' مجھے پتہ ہے تمہیں کیا تکلیف ہے؟''

وہ چپ رہتی۔بالکل نہ بولتی تو پھر وہ قہقہہ لگا کر ہنستا اور کہتا۔''تمہیں یہ ڈر ہے کہ کہیں تمہارے شوہر کے منہ کو نہ لگ جائے۔''

یہ ڈر بھی اپنی جگہ صحیح تھا۔مگر وہ کوئی جواب نہ دینا مناسب سمجھتی۔

''تمہارا شوہر کاغذ کا بنا ہوا نہیں ہے۔سمجھیں؟ اتنے سال ہو گئے تمہارے ساتھ رہتے ہاں جب چھوڑ دی۔تو چھوڑ دی اور پھر ع

جب سے دیکھیں یہ آنکھیں ہم پینا پلانا بھول گئے

وہ انگلی سے شائستہ کی آنکھوں کی طرف اشارہ کرنے لگتا۔اور اس عمر میں اس ایکٹنگ پر شائستہ مصنوعی غصے سے کہتی۔

''پلانا تو نہیں چھوڑا۔ہاں پینا ضرور چھوڑ دیا ہوگا۔''

''ارے کیوں اس غریب کے پیچھے پڑی رہتی ہو۔ میرا یار ہے۔ تھک،ٹوٹ کے آتا ہے ذرا دل کا غبار نکال لیتا ہے۔ تمہارا کیا لیتا ہے؟

''بھئی مجھے کیا اعتراض ہوسکتا ہے۔ مجھے نکال دو اور اُسے رکھ لو......'' شائستہ پھر برہم ہونے لگتی۔

''حالانکہ تم جانتی ہو۔ دونوں کو نہیں نکالوں گا۔ دونوں کو رکھوں گا۔''

شائستہ کو اس بات کا بہت غصہ تھا کہ اس کے شوہر نے اپنے دوستِ جبران علی کی آمد کے بعد اس کے ساتھ اپنے رویے میں تبدیلی پیدا کرلی ہے۔ اور وہ جبران علی کی آمد کے بارے میں کچھ بھی سننے کو تیار نہیں۔

پُرسکون زندگی میں ذراسی بے سکونی بعض اوقات وہ کام کرتی ہے جو پاؤں کے تلوے میں چبھی ہوئی پھانس کرتی ہے۔

شائستہ کو تو جبران علی کا بوتل لانا بھی بُرا لگتا تھا۔ اس نے جبران علی کی بیوی کے دل کا بھید بھی پالیا تھا۔ وہ غریب مجبور تھی۔ وہ کہتی تھی اس نوکری کی میں صحبتیں ہی ایسی ہوتی ہیں۔ اور پھر جب کوئی مرد کسی دوسرے مرد کو بہترین تحفہ پیش کرنا چاہتا ہے تو اس کے ذہن میں بوتل اور عورت کے سوا کوئی اور چیز نہیں آتی۔ مردوں نے مردوں کو کبھی دلدل سے باہر نہیں نکالا۔ بلکہ گرنے والا نکالنے والے کا ہاتھ پکڑ لیتا ہے۔ تاکہ وہ بولنے کے قابل نہ رہے۔ اس وقت شائستہ کا دل لرزنے لگتا تھا۔

گو اُسے سلمان شاہ پر مکمل اعتماد تھا۔ مگر اس اعتماد کا کیا ہے۔ اپنے عارضی دوست کی ذراسی خوشنودی کی خاطر یہ مرد اپنی بیوی سے کیا ہوا زندگی بھر کا وعدہ بھول جاتے ہیں۔ دل توڑ دیتے ہیں، راستے بدل لیتے ہیں۔

''پیالے کے ساتھ کبھی مخلص دوست نہیں ہوتے۔'' شائستہ ہمیشہ کہتی۔

''تمہیں کیا پتہ دوستی کیا ہوتی ہے؟'' سلمان شاہ بے پروائی سے کہتا۔

''ٹھیک ہے، میں نہیں جانتی کہ مردوں کی دوستی کے معیار کیا ہیں۔ مگر اتنا جانتی ہوں کہ اندھیری راہوں کے دوست کبھی اچھے دوست نہیں ہوتے۔''

''وہ برے دوست ہوتے ہیں؟'' سلمان شاہ جھنجھلا کر پوچھتا۔

''دشمن ہوتے ہیں۔'' شائستہ بڑے شان سے کہتی۔

''یعنی اب تم میری اور جبران علی کی دوستی تڑوانا چاہتی ہو۔ صرف اتنی سی بات پر کہ وہ اپنی بوتل یہاں لے آتا ہے۔''

''انشاءاللہ تعالیٰ مجھے یہ کوشش نہیں کرنی پڑے گی۔ یہ بات تو وقت ثابت کردے گا۔''

''یہ ٹھیک ہے شائستہ بیگم کہ تمہارے آگے گھٹنے ٹیک چکا ہوں۔ مگر تم میرے اور میرے دوستوں کے درمیان حائل نہ ہوسکو گی۔ مجھے اپنے دوست اپنی زندگی سے بھی زیادہ عزیز ہیں۔ بیوی کا کیا ہے۔ ہر عمر میں مل جاتی ہے۔''

شائستہ کی آنکھوں میں آنسو آجاتے۔ اور پھر وہ چپ ہو جاتی۔ اس کے بعد کچھ کہنے کی گنجائش ہی کہاں رہ جاتی ہے۔

مرد واقعی اتنا بےوقوف ہوتا ہے؟ وہ دل میں سوچتی۔ پھر اس کو گم صم اور چپ دیکھ کر سلمان شاہ خود ہی محفل میں چھیڑ دیتا۔

''یار میری بیوی کو تمہاری بوتل سے بیر ہے۔'' وہ جبران علی کے سامنے کہتا۔ جبران علی اپنی لال آنکھوں سے شائستہ کی طرف دیکھتا اور پھر اپنا پیگ بنانے لگ جاتا۔ وہ جواب دینے کی بجائے مسکرا کر جام منہ سے لگا لیتا۔

''جانتے ہو کیا کہتی ہے؟''

''ہوں۔''

''یہ کہتی ہے۔ شراب پی کر مرد کی نگاہ بدل جاتی ہے۔''

اس بات پر جبران علی سر جھکا لیتا۔

''کیا ہو جاتا ہے مرد کی نگاہ کو۔'' سلمان شاہ تمسخرانہ انداز میں شائستہ سے پوچھتا۔

''غلط اور صحیح کی تمیز اُٹھ جاتی ہے۔'' بھری بھری شائستہ ہونٹ بھینچ کر کہتی۔

''غلط اور صحیح کیا ہوتا ہے۔''

''برا اور بھلا، حلال اور حرام۔''

''ذرا مثالیں دے کر واضح کرو۔''

''اسے ماں، بہن کی تمیز نہیں رہتی۔'' شائستہ ایک دم پھٹ پڑتی۔

اس پر دونوں دوست قہقہہ لگا کر ہنستے۔ شائستہ غصے میں تنی رہتی۔

''آپ کو اس طرح ہنسنے سے میں اپنا موقف تو نہیں چھوڑ دوں گی۔''

''بھئی میں جانتا ہوں۔ تم مضبوط اعصاب کی عورت ہو۔''

''شراب اسی لیے حرام کی گئی ہے کہ اُسے پی کر آدمی حلال و حرام میں تمیز نہیں کر سکتا۔ ماں اور بہن کا فرق اُٹھ جاتا ہے۔ سامنے والی عورت اس کی کیا لگتی ہے؟ اس سے وہ بے نیاز ہو جاتا ہے۔''

''پھر تو شراب بڑی اچھی شے ہے۔'' سلمان ہنس کر کہتا۔ ''یار مجھے بھی کسی دن ایک پیالہ دے ہی دو۔ اب اس عمر میں دل چاہتا ہے۔ یہ تمیز مٹا کر دیکھوں۔''

اِس پر دونوں دوست پھر قہقہہ لگا کر ہنستے اور کافی دیر تک ہنستے رہتے۔

''بھابھی صاحبہ! آپ کو کیسے پتہ چلتا ہے کہ یہ تمیز اٹھ گئی ہے۔'' نشے میں ڈوبی ہوئی بھاری آواز میں اچانک جبران علی پوچھتا۔

تب شائستہ کا دل چاہتا۔ بڑھ کر اس کی لال انگارہ آنکھیں نوچ لے۔ اور پھر اُنہیں ہتھیلی پر رکھ کر اسے دکھائے اور کہے۔

''خود اپنی آنکھوں کو دیکھو، تمہیں بھی اندازہ ہو جائے گا۔''

مگر وہ بڑے سکون سے کہتی۔ ''کچھ باتوں کے مرد دعویدار ہیں۔ تو کچھ دعوے عورتیں بھی

کر سکتی ہیں۔''

''مثلاً......'' سلمان شاہ اُسے ٹوک کر پوچھتا۔

''اپنی طرف اُٹھنے والی ہر نگاہ کو عورت فوراً پہچان لیتی ہے۔ آپ جو چاہے کہہ لیں، مگر یہی پہچان ہر ذہین عورت کی میراث ہے۔''

''تم ذہین عورت ہو۔ یہی سب سے بڑی مصیبت ہے۔'' جبران علی اپنے دل میں سوچتا۔

گوشائستہ نے اُن کی محفلوں میں بیٹھنا کم کر دیا تھا وہ جبران علی کی بیوی کو لے کر دوسرے کمرے میں چلی جاتی تھی۔ مگر پھر بھی آمنا سامنا تو ہوتا ہی رہتا ہے۔ چھوٹی موٹی رنجشیں بھی ہوتیں۔ اور صحت مند قسم کی تکرار بھی۔

پھر ہوا یوں کہ جبران علی پر ایک کیس بن گیا۔ بوتل اور عورت کے بیچوں بیچ اس نے کچھ کام غلط بھی کر دیئے تھے...... آنے والے حالات کے بارے میں کون کہہ سکتا ہے؟ کرسی کی نوکری ایسی ہوتی ہے۔ بہت کوشش سے ملتی ہے۔ ایک جھٹکے میں چھن جاتی ہے۔ اور بہت سے لوگوں کی طرح جبران علی کو بھی ملازمت سے برطرف کر دیا گیا۔ حقیقی معنوں میں اس وقت اُسے احساس ہوا کہ سچا دوست کیا ہوتا ہے۔؟

جبران علی کی آگے پیچھے کوئی جائیداد نہ تھی۔ پس انداز کرنے کا سلیقہ نہ تھا۔ جو جس کے نام تھا۔ وہ اُسی پر قابض ہو بیٹھا تھا۔ زندگی کو نئے سرے سے شروع کرنے کے لیے سرمائے کی ضرورت تھی۔ اور وہی سرمایہ جو کل تک اس کی راہ میں بچھا جاتا تھا۔ آج سوتیلی ماں بن بیٹھا تھا۔ بھئی روپے سے بڑا ہرجائی بھی کوئی ہے اس سنسار میں؟ اس وقت سلمان شاہ نے، ماں بن کر اسے کلیجے میں چھپا لیا۔ سائبان بن کر سر پر چھا گیا۔ وہ جبران علی کے بیوی بچوں کو اپنے گھر لے آیا۔ اس کے مقدمے پر پانی کی طرح روپیہ بہایا۔ وہ قانون کی کتابیں جنھیں خاندانی اثاثے کی طرح، اس نے بند کر کے رکھ دیا تھا۔ اُس کے مطالعے میں آ گئیں۔ اور جبران علی کے لیے وہ اپنے ہر قانون داں دوست کے پاس گیا۔

پھر رات کو دونوں مل کر بیٹھتے تو کوئی نیا کاروبار شروع کرنے کی بات کرتے۔ سلمان شاہ نے اپنے گھر کا ایک حصہ انہیں دے دیا تھا۔ بچے مل کر کھیلا کرتے۔ عورتیں مل کر کھانا پکاتیں۔ وہ دونوں سر جوڑ کر تجویز کرتے۔ آخر کار دونوں شوگر مل لگانے پر متفق ہو گئے۔ اس کے علاوہ مستقبل کے اور بہت سے پروگرام انہوں نے کاغذ میں قید کر لیے۔

سب کچھ کتنا ٹھیک جا رہا تھا۔ جو عمارت گرنے والی تھی۔ وہ اپنے آپ کھڑی ہونا شروع ہو گئی تھی اور...... نہ جانے کیسے اور کس طرح جبران علی کو احساس ہوا کہ وہ سلمان شاہ کی بیوی کے عشق میں مبتلا ہو چکا ہے۔ ایسا نہیں کہ اس نے پہلے کبھی عشق نہیں کیا تھا۔ وہ عشق پیشہ آدمی تھا۔ شادی کے بعد بھی یہ مشغلۂ عشق اس نے جاری رکھا تھا۔

اس کا فلسفۂ عشق ہی نرالا تھا۔

وہ کہتا تھا ہر عورت اس قابل ہوتی ہے کہ اس سے عشق کیا جائے۔ اور عشق کا یہ فلسفہ اس نے شراب کی مستی میں ڈوب کر پایا تھا۔ جب وہ نشے میں ہوتا تو ہر عورت اسے پری معلوم ہوتی۔ اُس پری کو زیر کرنا ہی اس کی آخری تمنا بن جاتی۔

سلمان شاہ کی بیوی شائستہ ہرگز ایسی عورتوں میں شمار نہ ہوتی تھی۔ یہ جانتے ہوئے بھی وہ اس کے خیال کو ذہن سے نہیں جھٹک سکا تھا، جوں جوں وہ اپنے ذہن و دل کو ملامت کرتا اتنا ہی وہ حواسوں پر چھاتی۔ اُسے چھونے کا خیال بے قرار کرنے لگتا۔ خصوصاً جب وہ شراب کے نشے میں ہوتا۔ اور وہ کام کرتے ہوئے اِدھر اُدھر مصروف ہوتی تو جبران علی اس کے دھیان میں ڈوبا رہتا۔

جب صبح ہوتی تو وہ صدق دل سے توبہ کرتا۔ اپنے آپ کو گالیاں دیتا۔ لعنت ملامت کرتا کہ پھر اس قسم کے خیال کو دل میں جگہ بھی نہ دے گا۔

لیکن جب رات آتی۔ اور اپنے جلو میں لال پری لیے ہوئے آتی۔ تب اس کی سوچ کا زاویہ بدل جاتا۔ شائستہ ایک مدھ بھرا سپنا بن کر اس کی آنکھوں میں لہرانے لگتی۔ اگر وہ شریکِ محفل ہوتی تو وہ اُسے آنکھوں ہی آنکھوں میں پینے کی کوشش کرتا اور وہ جلد ہی محفل سے اُٹھ کر چلی جاتی۔

کیسا عجیب دور آیا تھا کہ جب اُن پر بُرا وقت آ پڑا تھا۔ وہ ان کے خلاف کچھ کہہ نہ سکتی تھی۔ اور یہ جبران علی بھی جانتا تھا کہ خدا کے بعد سلمان شاہ ہی اس کا آخری سہارا ہے۔ بدلتے وقت کے ساتھ عزیزوں اور دوستوں نے بھی نظریں بدل لی تھیں۔

پھر ایک دن وہ بری گھڑی آ پہنچی۔

اس روز سلمان شاہ گھر پر نہیں تھا۔ وہ اپنے گاؤں گیا ہوا تھا اور صرف ایک ہی رات کے لیے گیا تھا۔ جبران علی تنہائی میں پی رہا تھا، آدھی رات ڈھل چکی تھی۔ اس نے اپنی بیوی کو جگایا کہ ذرا کھانے کے کمرے میں جا کر ریفریجریٹر میں اسے برف کا ایک سانچا لا دے۔ مگر اس نے صاف انکار کر دیا۔ اور وہ منہ موڑ کر سو گئی۔ بہت دیر انتظار کرنے کے بعد وہ اٹھ کر اس طرف کو چل پڑا۔

اندر داخل ہوتے ہی اس نے دیکھا کہ ایک عورت فریج کھولے کھڑی ہے۔ اس کی پشت دروازے کی طرف تھی۔

کون عورت ہے......

اس نے اپنی جلتی بجھتی لال لال آنکھیں کھول کر دیکھا۔ اور اسے پہچانتے دیر نہ لگی۔ وہی ترشا ہوا جسم۔ چراغ کی طرح جلتا ہوا۔ سراپا کندن، کندن گردن پر کھلی لٹوں کا خمار......

بس نہ جانے کیا ہوا کہ وہ اس پر ریشمی گردن کو چومنے کی خواہش کو نہ دبا سکا۔ جلدی سے آگے جا کر اس نے اس کے دونوں کندھوں پر اپنے ہاتھ رکھ دیے۔ رکھے ہی نہیں دباؤ بھی ڈالا۔ وہ خوفزدہ ہو کر مڑی اور پھر گر گئی......اس کے ہاتھ میں پکڑی ہوئی بوتل بھی گر کر چور چور ہو گئی۔

گری ہوئی عورت شکار ہوتی ہے۔

اور گرے ہوئے شکار پر جھپٹنا ذلالت کی نشانی ہے۔

جبران علی اس وقت ذلیل مرد بن گیا۔

شائستہ کی وحشت زدہ آنکھیں جب جبران علی کی خبیث آنکھوں سے ٹکرائیں تو اس نے لرزتی ہوئی زبان میں صرف اتنا کہا۔

''بھائی جی!''

'بھائی جی......'' اس کے بعد اس میں کچھ کہنے کی سکت نہ رہی۔ وہ صدمے سے بے ہوش ہو چکی تھی۔

صبح کو سب نے یہی سمجھا کہ پورا ریفریجریٹر اس پر گر گیا تھا۔ اور ساری رات وہ اس کے نیچے دبی رہی۔ اس لیے جانبر نہ ہو سکی۔

مگر جبران علی جانتا تھا۔ داغ اپنا ہو یا بیگانہ۔ کچھ عورتیں ایسی بھی ہیں جو اُجلے دامن پر کوئی داغ لے کر نہیں جی سکتیں، جب روح مر جائے تو جسم کی موت کا واقع ہونا یقینی امر ہے۔

انقلاب تو زندگی کی ریت ہے۔

آگے بڑھنا تو چلن ہے زندگی کا

زندگی کی جدوجہد کے ساتھ ساتھ جبران علی کے اندر جوالاؤ جلتا رہتا تھا۔ وہ اسے کبھی نہ بجھا سکا۔

شراب کی بوتلوں میں غرق ہو کر، اس نے بھولنے کی کوشش کی۔ عورتوں کو پامال کر کے تسکین حاصل کرنی چاہی۔

مگر جب بھی وہ کسی عورت کے قریب جاتا۔ اسے آواز آتی۔

''بھائی جی۔''

''بھائی جی۔'' وہ یوں چونک جاتا جیسے سانپ نے اس کے پاؤں کو ڈس لیا ہو۔ یہ آواز اس کی روح کے پاتال میں بیٹھ گئی تھی۔

اس نے پہلے بھی کئی عورتوں کے منہ سے لفظ ''بھائی جی'' سنا تھا۔ ہر قسم کی عورتوں سے اس کا واسطہ پڑا تھا۔ شروع شروع میں وہ بھی عورتوں کی بہت سی قسموں کے بارے میں باتیں کیا کرتا تھا۔ اچھی بُری عورتوں پر سیر حاصل تبصرہ کیا کرتا تھا۔ مگر رفتہ رفتہ ہر قسم کی عورت اس کی ضرورت بن گئی تھی۔ کالی ہو، گوری ہو، شہزادی ہو یا چمارن۔ بس جوان ہو۔ عورت ہو۔

ایسی عورتیں بھی اس کے پاس آتی تھیں کہ بھائی صاحب بھائی صاحب کہتے ان کی زبان سوکھتی تھی۔ مگر اپنا کام کروانے کے بعد جب اُٹھ کر جانے لگتیں تو اپنی کوکھ میں اس کا بچہ لے کر جاتیں۔

اُسے خوب معلوم تھا۔ بھائی بھائی کہنے والی حرافہ عورتیں، کتنی جلدی بھائی کو عاشق بنانے پر آمادہ ہو جاتی ہیں۔

اس کے لیے لفظ بھائی کوئی اہمیت نہیں رکھتا تھا۔

مگر نہ جانے شائستہ کی زبان سے یہ لفظ کیسے ادا ہوا۔ کہ وہ زندگی میں پہلی بار صحیح معنوں میں لفظ بھائی کے معانی سے آشنا ہوا۔

بھائی جی کے بدلے وہ اسے جوتا مار لیتی۔ اس کے منہ پر تھوک دیتی...... اُسے دھکے دے کر گھر سے نکال دیتی۔ اتنا بڑا تاوان ادا نہ کرتی تو وہ زندگی کی بہت سی منزلوں سے آشنا نہ ہوتا۔

تنگ آ کر اس نے عورت اور شراب سے توبہ کر لی۔

کام میں مگن ہو گیا۔

بڑا بنتا گیا۔

اونچا ہوتا گیا۔

آج وہ ایک شاندار دفتر کا مالک تھا۔ موٹر کاریں تھیں۔ فیکٹریاں اور کارخانے تھے۔ لوگ اسے عزت کی نگاہ سے دیکھتے تھے۔

اس لیے دولت کے انبار پر کھڑا ہو کے وہ غلاظتوں سے دور ہو گیا تھا۔

بڑا عظیم تھا وہ۔

لیکن۔ ایک لفظ اب تک اس کے کلیجے میں پھانس کی طرح اٹکا ہوا تھا۔ جب تک بھائی جی کی پھانس، اس کے کلیجے کو لہولہو کر رہی تھی، وہ غلاظتوں کے قریب نہیں جا سکتا تھا۔

او بے ہودہ انسان! گندگی کے لیے ہر عورت نہیں ہوتی۔ بعض عورتوں کا مقام بہت بلند ہوتا

ہے۔

کبھی کسی نے مسجد کے گنبد پر بھی اُپلے تھاپے ہیں؟

اپلوں کے لیے الگ دیواریں ہوتی ہیں۔

رات کو جب کام کر کے اپنے دفتر سے باہر نکلتا۔ زینہ زینہ نیچے اُترتا۔ تو ہر زینہ بلاناغہ اس کے کان میں سرگوشی کرتا۔

بھائی جی۔

بھائی جی۔

اس کا سارا وجود زینے پر چڑھ جاتا ہے!

''باری تعالیٰ! وہ سوچتا۔

''گناہ تو میں نے اور بھی بہت کیے ہیں۔ اس ایک گناہ کا بوجھ اتنا زیادہ کیوں ہے کہ مجھ سے اُٹھ نہیں سکتا۔!''

✡ ✡